三民叢刊218

換了頭抑或換了身體

張德寧著

三民書局印行

自序

張德寧

十多年來，寫了一些小說，這次匯成集子的八篇短篇小說，是我短篇小說的一小部分。人的生命在歷史長河中，只是短短的一瞬。在短促的瞬間，只要有心，為自己為別人為社會，也能做些事，寫小說，也算一件不太無聊的事吧！關起門來，悠閒地在家看看書，緩緩地寫寫小說，確是人生一件十分愜意的事。

有了文字，人類文明才得以傳繼，得以發展。中國的「禪」，本不須硬立文字，直指本心，就能明心見性，達至真如。「知者不言，言者不知」，也是老子說過的話語。但奇怪的是，像船筏一樣渡人達至彼岸的經卷，浩如煙海；不管什麼原因所逼使，老子畢竟給後人傳授了五千言「道德」精華，接下來闡釋《老子》的，又不知留下幾千萬言。

看來，文字的魅力，大徹大悟的聖賢也難以抵擋，芸芸眾生中，「不知」的「言者」，代代輩出，就不足為怪了。

小說當然沒有那麼嚴重。

小說的發端，大致不過是些「小說家者流」——這是史學家們把這些不屑人物，列於九流十家之末的稱呼——他們不過寫了些「街談巷語，道聽塗說」的瑣屑之言、鄉曲之論，他們的目的，是想「飾小說以干縣令」，但在當時，「其於大達，亦遠矣」！

魏晉南北朝時，寫作富於情趣而又叢雜的小說，幾乎成了風氣。唐代傳奇，標誌小說已趨成熟，小說正式形成了自己的規模和特點，成為一種獨立的文學樣式。明清時期，出現了中國古典小說的巔峰作品，對後世小說的寫作，產生巨大影響。

「五四」後的小說，大體繼承了寫實傳統。作家的憂患意識和人道精神，使許多作品密切關注社會，時時與時代脈搏同步跳動。經過幾十年沉澱，倒是關注人生人性，真正繼承中國文化的作品，更耐讀些，也取得了應有的文學成就。

八十年代中期，西方現代哲學、心理學、文藝理論及西方、拉丁美洲等國家的各種現代流派的小說，被大量譯介來大陸，開闊了作家的視野，拓展了小說寫作的空間，大陸小說呈現從未有過的多姿多彩。在借鑒的過程中，有模仿者，有類似模仿者，有探險者，有拓荒者，也有不為所動者。到世紀末，大陸現代派小說的寫作沉寂了些，但多種現代流派小說的技巧和精神，已溶匯入大陸各類小說的創作之中。

物資生活逐漸充足些後，消遣性的文字讀物，迎來了風調雨順之期，猶如蔓草滋生，幾乎漫衍進各類文學刊物，漾溢於多家書店。過去評論家不屑批評的「鴛鴦蝴蝶」，竟以極快的速度，游進和飛入尋常百姓家中。在世風日下的感歎聲中，評論家可能已經忘記過去大灑除草劑的前因。

公園中或許本不該只有大樹、艷花，還應當有小草。只要有合適的環境，蔓苴韌草就會四處萌生。

原始的小說大約均從街談巷語，道聽塗說，鄉曲俚語，市井緋聞之類的東西或故事發展而來。喜好廣聞博識，大約也是人類天生的欲求反璞，只是到了科技昌明發達、讀書人數最多的今天，閱讀的趣味倒「反璞歸真」了，真是個想得明白，又想不透徹的「謎」。

不過，相信大眾讀者把消遣讀物讀不過癮了，有部分人又會尋找有深度有技巧的小說。也相信寫小說的作家永遠不會放下手中的筆，為自己為別人為社會，堅守自己的信念，繼承中國文化傳統，吸收外來文化營養，有創意地寫出更好的小說。

中國過去小說的發展，是讀者和作品同時進步的，今天和將來恐怕也脫離不了這個規律。當然，最好不講規律。有大樹、有艷花、有小草的世界，才是真世界！

隔著海峽，我的小說集能由三民書局出版，對於所有默默付出的人，在此表示深深的謝意。

二〇〇〇年九月於湖南湘潭

換了頭抑或換了身體

目次

自序　1
換了頭抑或換了身體　1
難覓并刀剪離愁　19
夢寐舊情　51
孤夢驚殘　83

老古 119
媚術 145
弈軼 183
刺馬 217

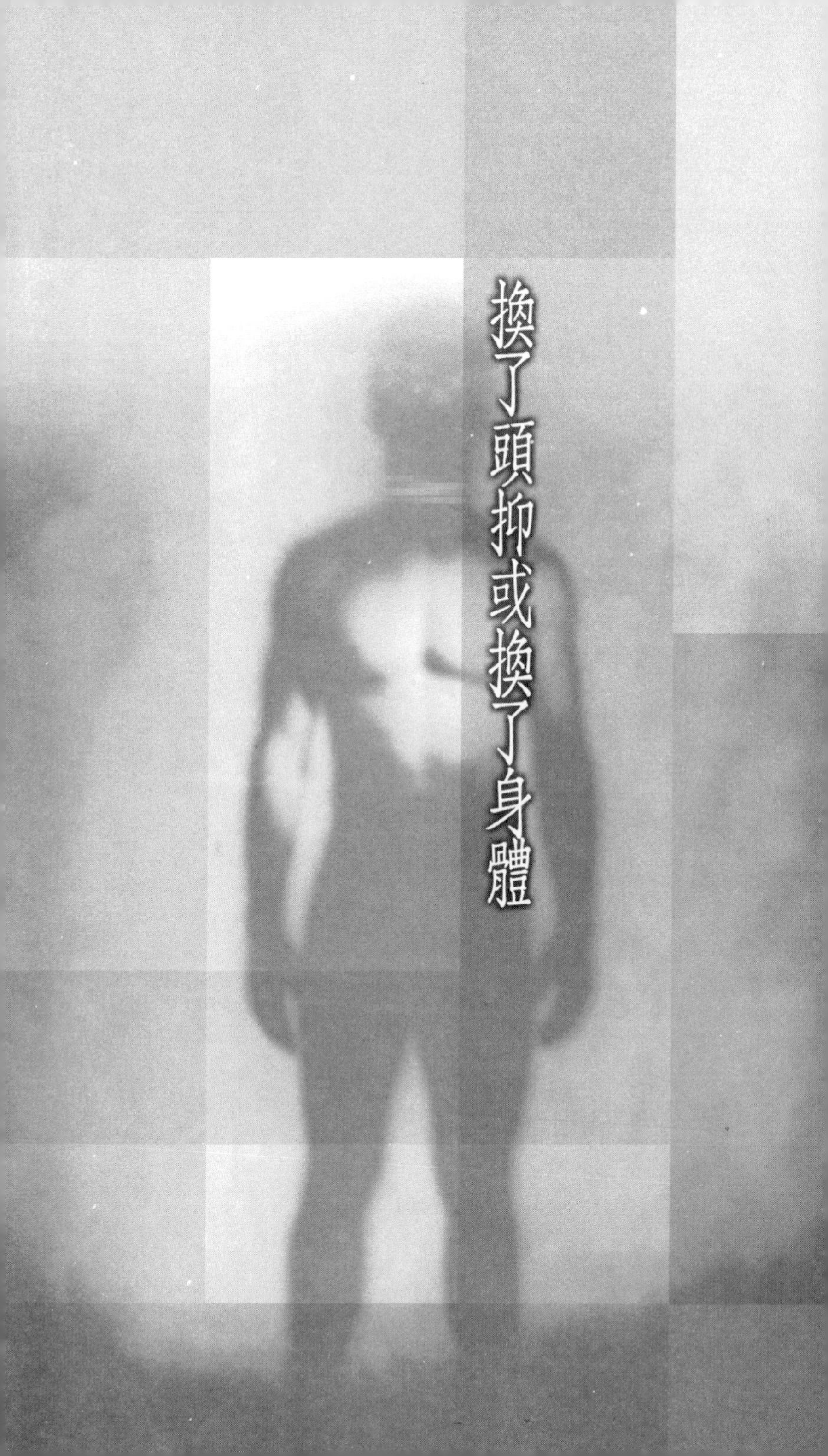
換了頭抑或換了身體

過去的日子都像在夢中，一切都是那樣恍惚、漂浮。只有今天，才感到很久很久以前的自己回到記憶中。房中的家具和擺設都是熟悉的，熟悉得有點陌生。桌上擺著的那堆書還堆在那；抽屜中寫了一半的信，還留著半截空白；那張結婚時買的大床，還是那樣簇新，床上躺著的還是與自己結婚的女人。你挨著她身邊躺下去，身邊傳過來的溫熱和熟悉氣息喚起了你的記憶，煽起了你幾乎喪失的慾望。但你不敢動，仰面躺著，感受著向你襲來，消不去的使渾身顫慄的激動。你能回憶起與妻子共同生活的許多細節。經過那場惡夢，你又回到妻子身邊，不，準確地說，你只有一部分回到了妻子身邊。你的大部分已不知到什麼地方去了，是成了灰呢？還是成了爛泥？你不知道。

那場惡夢後，你就不想再有與妻子睡在一起的這一天。你當時不明白，既然能做惡夢，就會有夢醒的一天。夢的惡劣程度使你不能想到這樣好的癒後效果。夢的開始，也就是你的希望的開始，希望變成了現實，意識還留在希望之中，好像希望比現實更加現實，倒把現實視為了夢幻。

你不敢脫衣服，不單是怕妻子看見自己脖子上那一圈整齊的刀痕，更怕妻子看見自己的身體。這已不是原來的那一個。那一個妻子熟悉，曾給予妻子無限溫情，接受過妻子無盡撫愛的肉體，已不存在了。脖子下面的身體，是不想讓妻子在這個時刻看見，在這個時刻接受的另一個。

你腦子一陣暈眩，自己和別人攪在一起，想到了自己又馬上聯想到了另一個，在這一刻到來之前，還沒有這麼深刻的感受。這個自己是誰呢？這個自己已摻進了別人，這個自己只是意識中的，與以前想到的自己完全不同。過去的自己是完整的，有血有肉，自己的思維能指揮自己的行動；現在的自己，思維是自己的，行動卻是別人的，至少，現在在自己的意識中以為是別人的。只是「別人」和自己的結合，才組成了一個新的自己。一個不熟悉的、陌生的、極不習慣的自己。以前在某個時刻也這麼想過，現在這個時刻，你更是這麼推演一番，思維達到了這個程度，才能將自己的頭和身體默認下來——這就是自己。

但在最熟悉自己的人面前，你又把自己一分為二了。要對妻子施人事，光有意識不行，它只能完成一半，主要的還得靠身體去施行。與意識聯繫最緊密、反映意識最快、執行意識最堅決的僅就一張唇。用它去接觸妻子的唇，接觸她的身體，這是化陌生為熟悉，喚起回憶的最好器官。你確實感受到了。過去的一切又回到記憶中，或者說是記憶又尋回了過去。你不斷用唇接觸妻子，以此來證明自己還是過去的自己，妻子還是過去的妻子，沒有因為那場惡夢將雙方都喪失。

可接下去呢，你不敢想像，你甚至不敢用胳膊去摟妻子。用你的意識指揮雙手去摟自己的妻子，你感到不是自己在摟妻子，而是別人在摟你的妻子。一想到這，厭惡感油然而生。這雙手，你就感到厭惡，已不如以前的白皙，皮膚也不如以前的細嫩。一看到那粗壯的指頭，厚厚的指甲，你心中就浮上一層厭氣。這都不是你的，遠不如以前自己的漂亮。還有那雙腳，二趾超過了拇趾，看來真不舒服，剛下地走路時，還擔心站不穩呢！過去見著別人長著這樣的趾頭，總不忍多看幾眼，伸出自己的腳來，總比別人的好看。想不到現在這使人看了不舒服的東西竟安在了自己身上，真無奈啊！你不否認，這副身體比過去自己的身體粗壯結實，你覺得現在比過去精力更加充沛，力氣也大得多。過去幹不動的事，現在毫不費力的就能辦到。你剛邁進家門時，把那已生鏽的啞鈴找出來，試著舉了舉，你要看看自己比過去究竟有什麼不同。過去你雙手推舉十下，已要冒汗，現在推了五十餘下，竟也沒有感到十分吃力，這使你驚訝，也使你徒長了幾分自信。但要將這強壯的別人的身體壓在妻子身上，你沒有感到是自己的榮幸，只感到了厭惡。這陣厭惡壓抑了你已經躁動起來的慾望。

你靜靜地躺著，任思潮在心中翻滾。妻子就在身邊，她期待著。你總感覺光著身子在妻子身邊出現的話，會使自己處於十分尷尬的地步。你也明白妻子不在乎這個，她已見過無數光身子的男人。她那雙拿手術刀的手，不知切開過多少男人身體的任何部位。這都無關緊要，那是她的職業，她必須那麼幹，與你無關。重要的是，這一次是在你的面前；更重要的是，你的意識要指揮別人的身體這麼幹，你真不知如何是好。你心中升騰起來的慾望越來越高，煎得你十分難耐，但這全在你的意識之中，全在你的控制之中，全在你的抑制之中。那不屬於自己的自己，只是幫助你在完成應當完成的指令，又將指令反饋到意識之中，讓你感到一種難以壓抑的情感，讓你感到一種即將獲取極度快樂時的激動，讓你感到這本身就是一種快感。這就是它——不是自己的自己給你帶來的一切。

你在鏡前欣賞過自己的身體，審視過去屬於別人，現在屬於自己的身體。大的方面無可挑剔，頭和身體的比例沒有失調，反而比過去更加勻稱。過去的你，腦袋在身體上約嫌大了些，身體顯得瘦小。現在這個腦袋與這個身體的結合再恰當不過了。這應當感謝醫生們，他們按照美的尺度創造了奇蹟。剛從深度昏迷中醒過來時，你知道了一個陌生的身體與自己的頭顱結合在一塊，驚嚇得不行。你覺得自己像被人施了法術一樣，變得如此奇怪，簡直沒有再活下去的勇氣。後來能下地活動，對這不是自己的身體，一點也不知去愛惜。削蘋果時，幾次都把手削得鮮血淋漓，只有痛楚提醒你，下次不能再幹蠢事。這種記憶印得多了，腦子才慢慢接受了身體，才能像愛護自己的身體一樣，去愛護已經接在自己脖頸下的身體。

妻子照顧了你一年，對你的一切都十分熟悉，更何況她是醫生，施行手術時，她就在手術檯上。將你的頭顱與別人的身體對接時，她負責神經的連接工作，那項複雜細緻工作的好壞，直接影響到今天的動作。妻子既是創造者，又是觀察和承受者。你的每一個意識能否通過神經傳導給身體，妻子將用自己的身體來體驗。可以說，再沒有誰比她能體驗得這麼深刻，這麼全面，這麼細緻。你全身的功能都用儀器測量過，作了大量的紀錄，妻子都知道。唯有與妻子人事一事，儀器是不能了解得如同妻子一樣明白。

應當說，在這樣的妻子面前暴露自己的身體沒有必要難為情，但你不這樣認為。以前你是被當作了一架機器，當作了醫生們的一件作品被擺弄著，那是沒有辦法。妻子是醫生中的一員，你從來沒有把她當成妻子。凡是她們那種打扮的人都對你具有一種權力，他們怎麼擺弄都行，怎麼檢查都行，怎麼當著眾多陌生人在身上指指戳戳都行，這是他們的工作，你是他們的作品。可現在不同，你是一個人，一個可以對妻子施行丈夫權力的人。妻子也不是作為一名醫生，而是作為一名妻子，來接受你的撫愛。妻子應當接受這種愛，並以自己的愛來回報，你們是平等的。只有這時，你感到了羞澀，感到了難堪。不管你怎麼把脖頸下面的身體與自己緊緊聯繫起來，也不能把厭惡自己身體的想法排除出去。

你把燈滅了，淡淡的月光從窗簾縫隙拚命擠進來，散發著青色的彌光，整個屋子罩在青光中。妻子早已脫去了衣服，灰白色的一條，靜靜地臥在床上。你能感覺到她那雙閃動的眼睛，忽閃忽閃的，期待著。躁動在你胸中的那點東西又升騰起來，你的意識指揮它們運行到應該去的地方。你繃緊了身子，你感覺到過去的自己回到了身上；你感覺到應該得到的東西唾手可得；你感到躺在病床上那麼多時日，很少不去想的願望就要實現了；你感覺到應當摒棄一切，應當用屬於自己的身體去體現自己的意志，讓它們很好地結合起來，去完成自己願幹的任何事情；你感覺到應當勇敢地邁出第一步，以後才能順理成章地去幹任何事。

你到了妻子的上面，接觸到了她那熱烈滾燙的肌膚，感覺到她那雙柔軟的胳膊變得有力了，交成了圈，圍住了你的身體。你陶醉了，幾乎被湧上來的激情淹沒。你突然產生了嫉妒。妻子獻出的殷勤是給誰的？自己得到的殷勤又是通過誰傳遞過來的？都是他，一個原不屬於你，一個原與你迥異，一個妻子不熟悉的身體。而妻子卻對他傾注了這麼多柔情，用接受你的方式接受了他人。妻子在你的身體——他的身體上撫摸得越溫柔，你越感到不是滋味，像親眼看著妻子與別人人事一般。儘管你全力克制你心中浮上來的惡感，讓心中的慾望燃燒得更加熾烈，但怎麼也壓不過惡感。一陣陣浪潮在你心中掀起，此起彼伏，彼伏此起。良久，你感到了疲倦，你繃緊的身體開始鬆弛，你的激情開始消退，你慢慢滑向了一邊，不去理妻子。

妻子愣了好一陣，詫異地爬起身來，給你掐腿捏胳膊，以為你功能不甚健全。過了一會兒，也就無可奈何，歪到一邊自顧睡去。

你睡不著，看著妻子遺憾地睡去，心中無限內疚。剛才的情緒已經散盡，再也起不來。你恨自己，恨脖頸下面的身體，恨被撕成了兩半的心。眼睜睜地朝天躺著，到半夜，才朦朧睡去。

你儘量躲避醫院對你的定期檢查。你受不了被人當作機器那樣隨意擺弄。檢查時，你的妻子加入了醫生的行列，你們又成了陌生人。雙方誰也不與誰講話，甚至都不互望一眼。你認為這些檢查都是多餘的，身體的一切功能都正常，只是心理適應不了這湊在一起的兩部分身體。你不願將心中的想法說出來，對妻子也不說。你也不願接受心理治療，你以沉默對付關鍵問題的詢問。

妻子總是忙，在家的有限時間裡，你們很難找到要說的幾句話。你不拒絕她對你飲食起居的照料，也不忘她的囑咐按時吃藥，可你總對她熱情不起來。你們分開睡了，要說的話更少。冷寂的日子一天天過去，你感到無聊，感到苦悶。

你仔細翻閱了報導首例換頭手術的報紙，竟沒有發現一個字涉及你被換下來的身體，那具破爛不堪的身體似乎被人遺忘了。記者們的注意力都在被創造的你身上，沒有人對換下來的廢棄物感興趣。問過妻子幾回，她回答得都很含糊，你也就不問了。你開車去火葬場，到骨灰陳放室中去尋自己身體的骨灰，準備祭祭你的身體。每個骨灰盒都插了一張相片，下面有名字，有的還附有生平簡介。看遍了骨灰盒，也沒有你的。倒是把你脖頸下的身體的那個人的骨灰盒找到了。你知道他的名字，也看過他的相片。當時他早已成了植物人，在醫院裡躺了好幾個月。醫生已不存將他救活的希望，親屬們也漸漸放棄讓他活過來的願望。正好這時，你遇了車禍，身體給撞爛了，命在旦夕。醫生徵得他家屬的同意，採用了他的身體，將你的頭顱接在了他的身上，再造了一個人。報上對這件事很爭論了一番。從人道出發，有人支持這種手術，說這是器官移植的巔峰，創造了奇蹟，是人類進步的標誌。從倫理道德出發，有人反對這種手術，說這曲扭了人的靈魂，造就了一個心理畸型的人，是對人類文明的嘲笑。在爭論中，你倒成了局外人，儘管你回答過記者提出的任何問題。記者們對你的回答都各自作過有利於自己觀點的分析、報導，你都不以為然。你不認為記者們都對，或者都錯，你沒有必要關心這些。你只知道自己活了下來，又看到了這個世界，這就是一切。

值得慶幸的是，你在車禍時，正好有一個和你年齡相仿，體格健壯的年輕植物人等著你。如果那是個老頭的話，被延續的生命意義遠不如現在。老頭子已經衰老的肌體會載著你迅速向死亡走去。在醫學上，不管是接活了誰的身體都是奇蹟，但對被接活的個體來說，事情就沒有那麼簡單，再生的喜悅會逐漸被籠罩在心頭的陰影所代替，惶惶然坐等死亡的來臨。

再假設，那具植物人是個年輕女子的話，事情會變得荒唐。你幾十年的男性心理要徹底改變，你想像不出自己怎麼適應由於身體的變化而需要跟著變化的意識。在生活中，你又怎麼處置自己的妻子，怎麼面對自己的父母兄弟，怎麼面對朋友同事？

你覺得你的命運被一種外力制約者，不能憑藉自己的力量自己的思想去達到目的。不管這個外力看來多麼微不足道，多麼隱蔽，多麼令人不可捉摸，它確實存在，在人生的長河中誰也躲不過它。不管它採取什麼形式來到身邊，既察覺不出，也抵抗不了，它總是不動聲色事先安排好了每個人在社會上的位置和存在方式。不管你的結局是幸運的，是不幸的，甚至是悲慘的，都不能抗拒，都是合理的。你的存在是合理的，你的不存在是合理的；你是個幸運兒是合理的，你是個倒楣蛋也是合理的。你認為它不合理，去奮鬥，去改變它，是合理的；你經過奮鬥改變了它，是合理的；你經過奮鬥沒有改變它，也是合理的。它伴隨你走過一生的旅程，你走到哪，它就在哪；它在哪，你也就走到哪，不能越雷池半步。

人的一生要碰上無數次偶然事件，有些偶然事件可以改變人的一生，但偶然都是在一瞬間完成的；改變命運的偶然只是一個前提，它可以導致結果，但它畢竟不是結果，命運的結果是必然。從整體來看，偶然事件只不過是必然結果的一個插曲，儘管它十分重要，但它只能包含於必然之中，是必然的一部分。

你覺得自己比他幸福。按比例來講，你只活下來極少的一部分，但這少部分卻主宰了整個身體，沿用的還是你的名字，保留的還是你的意識，你的記憶，你的習慣。在當時的情況下，兩人只有一個人活下來，你活了，他死了，徹底的死了。他的身體只能充當另一個人的軀體，肩負著生活的重壓，被另一個人驅使著去走過漫長的人生旅程。對腦袋來說，是幸福；對身體就不能不說是悲慘的。也只有幸福和悲慘的有機結合，才能有一個活生生的新人誕生，所以，你誕生了。

生的是你，死的是他，在感到幸福的同時，你感到了內疚。借助別人的身體延續了自己的生命，卻不能給恩人任何報答，甚至連一句感激的話都無處說，好折磨人！

你決定去探尋他的過去。

你用禮帽遮住半邊臉，再架上一付大鏡面寬邊眼鏡，開車到了一幢樓前。從報上你已得知他的妻子現在的地址。

你認出了給你開門的女人，她的相片在報上登載過。

捐出丈夫的身體，有人讚美她，有人詛咒她，使她對任何來訪者都冷淡了。

你脫下帽子，摘去眼鏡，對她說：「我是妳最熟悉又最不熟悉的人，如果妳認不出我，請妳看看這雙手。我有話對妳說，我不願站著與人說話。」

她用驚異的目光上下打量了你好一會，還真的看了看你的手，才不情願地說：

「請進吧！」

「我的到來，已經給妳帶來了不快，妳的表情已經告訴了我。」你看了看她，仍接著說：「對我來說，妳這兒不應當是我來的地方，奇怪的是，我還是來了。妳可以把我視為幽靈、鬼魂，但我不能不來。我為了自己，應當來，為了妳過去的丈夫，應當來。現在妳幸福了，自由了，妳今天可以當著妳過去丈夫的面顯示妳的幸福、富有，顯示妳的冷漠；我代表妳的丈夫都感覺到了。我還要代表妳過去的丈夫喝妳的茶，抽妳的煙。妳想不想握一握這雙十分熟悉的手？

「不說廢話了。我今天來，是來感謝妳的，是妳的慷慨才使我有今天，我至死不忘。」

她的目光變柔和了，說：「你用不著謝我，當時他是個注定要死的人，留著些藥用在別人身上比用在他身上有價值得多。我已盡了作妻子的責任，對得起他。你運氣好，再晚一天，醫生護士就會拔掉他身上所有的管子，他就是一具名副其實的屍體。這時你來了，醫生談了他們的計劃，我沒有猶豫，事情就這麼簡單。」

她抬頭看你，你注意地望著她。

「想不到在醫生手下，他的身體變成了你的。你活過來後，嚇了我一大跳。你想想，在我這個位置怎麼看你這個人造人！」

「謝謝妳的坦率，我可以告訴妳，我是一個各方面都正常的人，一點也不怪異。我還可以告訴妳，我是懷著負疚的心情到妳這來的。謝謝，我不抽煙，剛才是說著玩的。原來也不抽，不知妳丈夫抽不抽？」

你將她遞來的煙放在一邊，她又忙著給你倒茶。她背對著你。

「到妳這來看看，我的心舒服一些，看到了妳，就像看到了他一樣。我的到來，會使妳想起一些過去的事，妳又成立了家庭，我提這些有些不合適吧。」

她將沏好的茶，放在你面前的茶几上，在你對面的沙發上坐下來，面對著你，叼起一根煙，你拿起茶几上的打火機替她打上火。

「我丈夫原來也不抽煙，跟你一樣。我也不抽，現在抽了。我現在又結婚了，再也不想他。你帶著他來了，他看到我現在的生活了，在陰間他也會罵我的。橫豎是這樣了，也不怕他罵。他不在了，我的日子不好過。一個女人，沒有男人，怎麼過？」

把好長一截煙灰彈到灰缸中，她把兩條長腿伸直，搭在旁邊的沙發上。你發現她並不老，也不像你想像的那樣不好接近。

「現在我的生活的確不錯，過去的丈夫不能給我的一切，現在的丈夫都給我了。我還是懷念過去的丈夫。他不能給我的，都有了，我不再怨他。他能給我的，現在的丈夫年紀大了，不能給予，我更懷念他。」

你端起茶杯，把眼睛盯在茶杯中浮著的茶葉上面，躲過了她的眼睛。

「我對你說這些，並不感到害羞，我不是對你說的，我都是說給他聽的。他回來了，他聽到了我的談話，他看到了我像金絲鳥一樣的生活，我埋在心底的話可以向他傾訴了。」

你久久地注視著她。她沒有打扮自己，像剛午睡醒來，鵝黃色的睡衣很隨便地穿在身上。兩條長腿光光地搭在沙發上面，凝脂樣的肌膚對著你。紅潤的臉色掩去了些臉上的細紋。你覺得她應當與你年紀相去不遠。你覺得你的身上曾經有過一些她的什麼。你覺得她跟你說了些什麼，你也應當跟她說些什麼。與你來尋她時已不一樣了。你沒有想到她是這樣，你也沒想到你是這樣，你突然明白應當是這樣，早就應當是這樣。還應當是怎樣？你完全不明白，也不知道，但會有一個結果。

「我的到來，引起了妳這麼多惆悵，是我始料不及的。妳對我傾訴了這麼多知心話，我要謝謝妳沒有把我當作外人。我也可以告訴妳，很少有人能理解我，把我當作朋友。我自己也不能把自己當作一個人。我要克服兩個我，比醫生將兩個身體對接起來還要難。」

她站起來，把煙摁在灰缸中，她眼中閃著幾絲你能察覺的柔光。

「把你的手給我。握著它，會使我想起許多事。你到了我這兒，就像到了家一樣，我會像對待丈夫一樣對待你。你有什麼苦悶儘管對我說，說完了就沒事兒了。」

你不知道還要跟她說些什麼，你也知道已不需再說什麼，她都替你說了。你感到舒服，心中的鬱悶一下子就都光了，你感謝她。

「我對時間毫不吝惜，我有的是時間，老頭子經商的癮頭超過回家過日子的癮頭，誰知道他在外面幹了些什麼？他只知定期給我寄生活費，其餘的事一概不管，鄰居們又不熟悉，沒有來往，一個人在家寂寞極了。沒有誰能比你我的聯繫更緊密。你可以在我這兒留下來，你可以尋回你的過去，我可以尋回我的過去，我們共同創造一個輕鬆的環境，找些樂趣。你能答應我嗎？你能為成為你自己在我這兒作些嘗試嗎？」

從她那兒出來，天完全黑了下來。霓虹燈美麗的色彩將街上過往行人塗抹得光怪陸離。你隨著人流信腳走去，也不回頭，也不駐腳。

她比你的妻子聰明，能入微地體察人的內心。你留下來是覺得自己必須留下來，要償清債務，也要溫暖一顆孤寂的心。你充當了一個救世主的角色，感到了騎士般的滿足。喪失了的自信與被人理解的感覺回到了幾乎成了荒漠的心中。她與你的妻子迥然不同。妻子是你的恩人，但妻子採取的是應該得到的態度對待你。她同樣也可以算你的恩人，卻是以求援者的面貌出現，哪個男子漢在柔女子面前能表現出懦弱？妻子的精細在她的專業方面；她的精細在體察人心方面，你佩服她。

街上不知哪來的那麼多人，你碰我，我撞你，毫不謙讓。你仍戴著禮帽，架著眼鏡。來去匆匆的行人專心走自己的路，誰也不多看你一眼。你悶悶地走著，覺不出碰撞，覺不出別人存在。

像她說的那樣，只有對她產生厭惡之後，你的負疚心理才能完全消除，分裂的心才能合攏，才能做一個真正的人。你對她說不上有十分的好感，要厭惡起來不會需要很長時間。你知道自己掉進了一個陷阱，她擺設了一個浪漫的陷阱等著你自覺地往裡跳。

你感到有些累了，想找個坐的地方，突然想起自己的汽車還停在那幢樓前，仍得照原路走回去，取回遺忘掉的汽車。

難覓并刀剪離愁

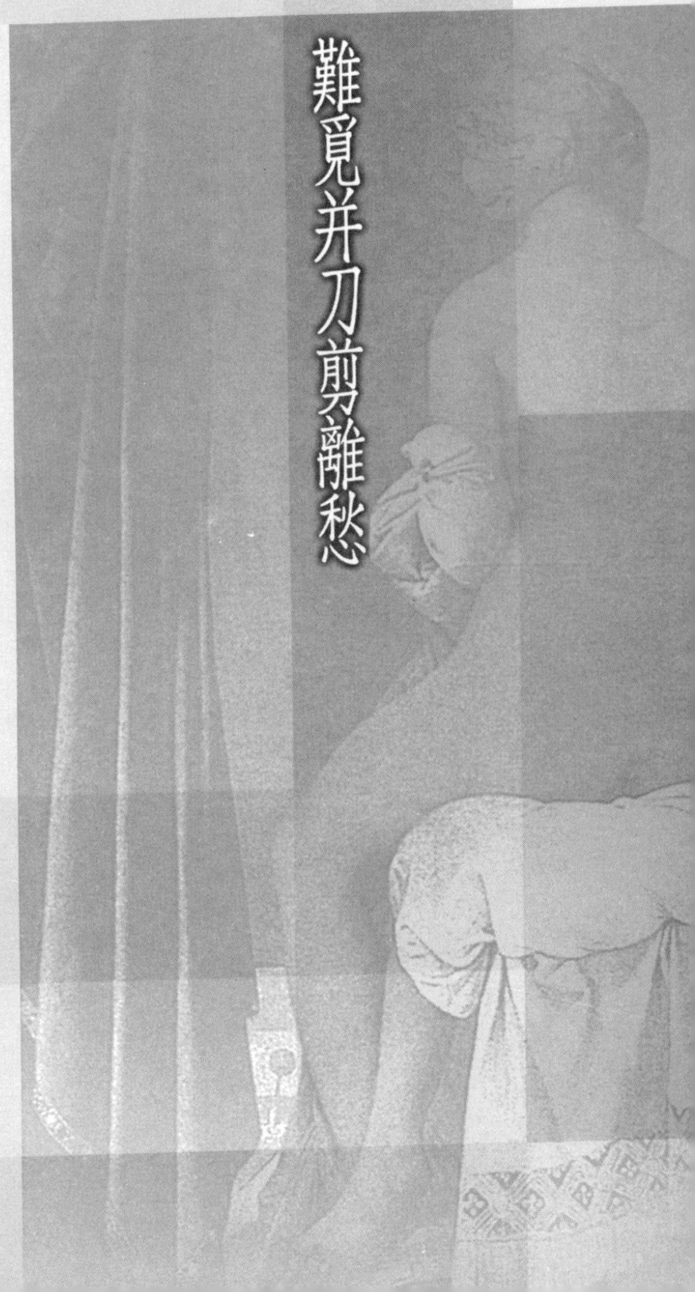

關上房門轉身過來浮在妳臉上狡黠神秘欣然的微笑就把時間全抹去了，同那年從公社大門出來衝我擠擠眼睛扮個鬼臉後的微笑毫無二致。只是那時在妳滋潤的臉上找不到笑容過後的痕跡，現在不用細看就能覓到綻開去的細線般的碎紋，儘管臉上還敷了粉。

該說的話宛如結得細密堅實的繭，竟無從抽出頭緒，只是摸摸床墊看看落地大窗，拿起放下電話聽筒，然後才陷進軟軟的沙發，仰臉看妳。

妳也坐下來，斜歪在沙發上看我。

這場陰謀的策劃者執行者和受益者的妳，湊過身子輕輕在我臉上印上一個吻，就使我們一同墜入了一個常演常新亙古不變的罪惡之中。也許它來得太遲，也許它原本只是世俗眼中的罪惡，致使我們能單獨輕鬆在一起來填補早就應該由我們共同填充的空白時，又平添了許多淒涼。

在開往陽朔的旅遊船上的眾多遊客當中，我一眼就認出了妳。我們的激動各自蘊在心底，相互伸手握住對方，並不十分驚異地互望著，只有相互用勁緊握的雙手才傳遞了我們的心聲。我們的重逢並不因十年八年的時間阻隔而變得生澀陌生與傷感悽惶，這一天的到來完全在預料之中，或遲或早會有這一天。

驚奇的倒是，別後十五年竟會坐在同一條遊樂的船上，我們本可以同坐的命運之船早已破敗顛覆，不復尋找。必然的重逢總會以偶然的相遇為契機，這種可遇不可求的機緣似乎注定了我們此生此世不能切斷的情感的縈繞絞聯。

後來我就和妳在甲板上尋了一個僻靜的角落坐了下來，再無心觀賞漓江兩岸的旖旎風光。面對面地坐著，熱辣辣地對視著，款款地說著別離後因機緣的缺乏，本該早就說完的話語。夾岸的奇山麗景如同晴空中說什麼像什麼變幻的雲翳，貼在妳我背後緩緩隱去，一江流水千幅畫佳甲天下的山山水水只是過眼煙雲，妳我倒成了超越山水的永恆，不息地前進又懵然無覺的匆匆過客。

接下來就商量好一個脫離旅遊團我們能單獨待在一起的陰謀。也是過去曾經埋在心底十五年見面後共同想到的交點，已沒有了羞澀也沒有了遮攔，妳並不擔心我的拒絕大方說了出來。我沒有拒絕。妳知道我不會拒絕，就是拒絕了妳也會堅持到勝利。我知道妳有這個自信，既便妳沒有，我也會有。

從陽朔回來後，我說腰痛，痛得直不起腰。我讓旅遊團的一位老師陪了去看病，拿了些平安藥回來，我的假像就擺了出來。他們第二天集體去遊玩時我還在床上，待他們走遠了，我起來坐車去妳住的飯店。雖然第一次來桂林，但再好的山光水色哪能與妳的秀色相媲？

※　※　※

腰真的痛嗎？

脫了衣服向床上走去時，妳在床上仰望著赤裸裸的我，不無擔心地問。

這已是不用回答的問題。不過還是順嘴說了一句：過一會妳就知道！

妳能不知道我！

那一年上山砍柴時，腳下踩的一兜草窩滑了，就順著山坡滾下來，腰砸在堅硬的山石上。在家做熟飯到天黑不見我回，等急了的妳打火把找到了已不能動彈嘶喊無聲的我，咬牙背了回來。慌了手腳的妳嚇得只是哭，後來才想起去找來了生產隊識得草藥又治過傷病的一位農民，看了，留下些要敷在腰上的調好的草藥，又囑要用酒去揉。一天兩次都是妳幫著揉的，冰涼的酒灑在腰上又按上妳的熱手搓揉撫摸直到腰開始發熱。當時妳說把腰摔壞了掙不得工分真的會沒有飯吃。當時妳只想得到這些，現實得連一丁點浪漫的念頭都起不來。

這麼久了腰還能痛？我的強健妳該知道了吧。儘管我們還是第一次。

事後，妳撕開為我準備的香煙，插我嘴上打上火，又回到床的那一邊並我躺下，痴迷地看我抽。

在鄉下的冬日已無農活又無消遣地熬著無窮無盡的白日時，就圍在一盆用自己的氣力燒出的炭火旁，說著從小到大我們各自的趣聞，把看到的、聽到的、想到的、新鮮的、陳舊的見聞搜腸刮肚添油加醋地講與對方的同時，妳如痴如醉地看我抽煙吐煙圈玩兒。

吞吐煙霧一刻也不停一支接一支，密閉窗戶的屋內煙濃得能燃起火，只是不知。越烤越冷的幾乎把炭盆抱在身上，妳我竟貼得如此的近。除了外面呼號的山風再沒有別的聲音，如被世界遺棄了似的我們只以兩人的相識相知冷暖與共而忘記了外界的一切。

妳也來一口！

看妳望著我吞吐煙霧的痴迷，幾乎比我吞吐煙霧的樂趣更大。我向妳建議。

接去沾有我口水的報紙捲成的旱煙卷兒，妳瀟灑不知深淺地大吸一口，又吞茶水般地吞了下去，煙從妳的鼻中嘴中搶了出來，嗆得妳猛烈咳嗽，眼淚鼻涕都出來了，昏頭暈腦板凳都坐不住直往地上溜。感到呼吸不暢時才想起打開從開始就沒上油漆已烏黑朽毀的窗櫺，讓清冷的空氣衝開雲翳般的濫煙，在冬日不暖的光柱中撕絞纏繞。

冷風激在妳的臉上，妳才好受些，臉上的虛汗也收了回去。

平靜後，妳堅毅地把大半截煙卷抽得只剩丁點尖錐，不是妳的口水浸滅了火星妳還會不捨不棄地嗍吮。

捲煙的報紙還是妳從公社無人的辦公室中偷帶出來的。

與外面的塵世離得最遠的標誌不是去公社趕墟得走兩小時的山路，也不是日日防小偷般地躲著被稱為六嫂的鼻子爛成空洞的痲瘋女人間常從山上下來的串門，而是盡日裡看不到半點紙張——連來時已丟棄的包鞋子的報紙都重新撿了回來抖乾淨撫平了撕成長方形的小紙片捲了煙抽，去茅坑方便時也學了老鄉的辦法——用兩塊小篾片解決問題。剛來時見到茅坑邊堆集在一起的剖成長條的小竹片還不知作何用呢。

煙葉是自己種的，曬乾，也不知要如何去收拾，又無切煙葉的大刀，只用手把葉子從幹莖上撕下來揉碎了，抓一撮在紙上，食指拇指一捲，沾上口水就是一支熨貼的捲煙。

不續的是捲煙的紙張。去公社趕墟時，妳自告奮勇地要去公社辦公室捎帶些報紙出來。

被人看見了不雅！

什麼雅不雅的，哪還有雅事！妳說。

妳說偶去公社辦事，辦公室唱空城計的多，坐得煩悶無聊的公社幹部早就跑到墟上看熱鬧或買便宜山貨去了，正是機會。

裝著找廁所，妳進了公社機關的院子。出來時，我見妳揚眉擠眼對我神秘欣慰釋然地一笑，就知妳得手了。妳直腰腆肚孕婦般地走了出來，到僻靜處，從腰腹中抽出大疊的報紙，敘說著往腰中揣插報紙的悚悸與緊張，哈哈大笑得直不起腰。那一大疊報紙到我招工回城還沒抽完。

妳欠身也點上一支，螢火般的煙頭一明一滅，密閉窗簾的暗屋內像綴著的兩顆星。欠身時被單已褪至妳的腹部，揮手彈去煙灰時牽扯得乳房一顫一顫的富有彈性的身子仍是那麼富有魅力。過去狠狠地隔著衣服猜想那層布裡面是些什麼，咫尺天涯，我們又各自固守著自己的防線，不越雷池半步。

那時的絕望已到了極點。同組的知青都已回城了，別的生產隊留下來的知青都和妳我一樣因出身問題而被人遺忘。一個鍋裡吃飯隔一道板壁睡覺的我倆，稍有破罐破摔的念頭就可以造出一個吃農村糧的孩子來。堅守著，儘管在現實中看不出有改變我們境況的任何跡象，但又不需任何根據地堅信這種現實不是我們應該長期生活下去的唯一途徑。只要我倆還是自由人，沒有家庭的累贅絆住我們，本身就是希望，儘管把它作為我們前途的保障是那麼的脆弱與可笑。

一組同來的八個知青住在五保戶顧大娘的三間屋中，六個人一個接一個地被招進城市當了工人。那年冬天顧大娘也病死了，妳和我毛手毛腳地操辦了，好在有一口早已備好的棺材，與聞訊趕來的生產隊幹部一同掩埋了她。離最近的一戶人家也有兩里山路，我倆瑟縮在一起度過的三個冬天，真令人一輩子不能忘懷。

※　※　※

那時我們也傻。

妳也想起了那時的事。說。

不傻又如何！

從現在往過去看去能望見自己一路走來時不斷幹的傻事，生出眾多的感歎和遺憾，這樣的後悔又有何用！

如果造成了既成事實倒也好了，是吧。

我能猜出妳想說什麼，提早說了出來。但如果有了當初就不會有現在，不一樣嗎？

妳又用欣慰釋然的笑同意了我。

可能現在也是一種補償，但我們只能付出自己真誠的情愛，不能有更多了。我們應當得到的補償僅僅只有這些？過去的社會環境已不復存在，今天追憶起來僅僅只能引起諸多惆悵與傷感？複雜的思緒任我怎麼清理總無頭緒，也只任它亂下去了。

我的回城是因為父親的問題得到了澄清官復原職之後了。壓在背上沉重的「可以教育好的子女」的包袱一旦卸掉，我竟覺得身體都輕了，飄飄欲飛。妳強顏歡笑地祝賀我，我知妳的境況將更加困苦，妳背上的包袱不可能有卸掉的時候，出頭已經無望。臨進城，我上山苦苦打了一個星期的枯柴，我不忍撇下孤苦伶仃的妳，但我苦苦煎熬不就是等著這一天！

妳在我走後鬱鬱悶悶地大病一場，回城診斷時肝病已經很嚴重了。後來倒因禍得福索性申請病退勉強回到了城裡。拖著病弱的身體不屈不撓奔走辦手續，妳焦黃的瘦臉和枯萎的身子就是不言而喻的廣告。也有同情妳境遇的幹部沒有再追究妳的資本家出身把妳安排到街道小廠去糊紙盒，才有了著落。這已比妳信誓旦旦聲言只要能有個工作寧可去掏大糞掃馬路已強出多少倍。

又在一起的妳我有了在花前月下談情說愛的時間和心境，又都還年輕，對現實的幻想總好於身處的現實環境，突然間好似前面洞開了一條隧道，只要我們往前走就能有更多的光明向我們湧來。

妳從每月三十元的工資中省下五元錢給我買了一雙皮手套，說是騎車手冷上班又那麼遠。畢竟是共過患難的一雙男女，相互熟知的脾性與習慣使我們心有靈犀地不用戀愛就直接談婚論嫁了。

不可逾越的鴻溝馬上呈現在我們面前，已是懸殊的家庭不允許我們再邁前一步。妳比我敏感，在送我回城去公社汽車站的路上就已明顯表現出這種悲哀。感情任怎麼遲鈍的我也不能不為妳的敏感而壓抑得無話可說，沉默悲涼的氣氛籠罩著崎嶇寂無人聲的漫漫山路，幾次要奪回妳幫我背的包袱都被妳甩開。執拗與悲淒分明寫滿了妳的臉，但妳不攔我，為我高興，總算有了回城的機會，誰不盼著這一天！

總還是分手了。話並不用我去說，有長輩為我安排好了一切，避免了我的尷尬與難堪，但我知會將妳的心戳得如何支離破碎！

好了，不提了。

仰面呼出一口長氣，妳非常豁達地說。

過去的事提起來真讓人喪氣，說多了真與現在的氣氛不相宜。在去陽朔的船上我們商量好的不提過去的誓約不約而同被撕毀，想想，相視一笑就彌去。過去了的畢竟應當是過去了的，妳我當下尋求的應當是沒有享受過的兩人在一起時的快樂，正是機會，又都有勇氣甩掉羈絆我們的一切。

我又愛妳一次。妳也再愛我一次。

濃得如釅茶烈酒般的情愛似乎是支出又似乎是補償。我度給妳的有我的良心永感負疚後的懺悔與不安，有我的懦弱與屈於世俗的洗刷不盡的在我的基因中積澱的惡濁的洗滌；從妳那得到的不僅僅是妳給予我的愉悅，這愉悅來得遲了些，宛如翻山越嶺走了無數冤枉路才覓得的能給我無限溫馨與恬適的家門，更清楚了遮蔽得極深的我的靈魂和妳的靈魂撞擊時迸出的超越肉慾之上的相諧的樂音。

乾脆住到我這兒來，過幾天舒心日子，沒人打擾我們。

站在窗前拉開密閉的窗簾，讓等不及的陽光猛湧進來時，背對著我，妳說。

妳租住的整潔舒適的套間不是我們旅遊團集體租住的寒酸狹窄的房間可比，要在妳的房中住上幾天當然要舒服適意許多。

這不是很好嗎，整個白天都是我們的，浪浪漫漫過上一天，晚上只回去睡個覺，同來的老師不會發現什麼。晝夜不歸，桂林又無任何親戚，只怕他們回去多嘴說與妻子，引來麻煩。

說完，我就見妳臉上露出一絲不易捕捉的失望。對妳太熟悉的我不能不察覺出來。

窗外的太陽像舞臺上跟蹤角色的燈光，和暖無聲地罩在我們身上。感覺到在太陽下比屋內暖和，我們緩緩穿上衣服。

我帶你去玩玩，住久了都熟了。你恐怕也難得有這樣的機會，不像我滿天飛。

※　※　※

不管世事如何變化，仍一成不變地死守著寂寞清冷教書匠職業的我，真難得有妳那樣飛遍天下的美事。不過雅興也漸漸淡了，少年時讀萬卷書行萬里路的鴻志早就因多舛的命途而磨滅，儘管內心偶有騷動。

父親也曾安排過我的前程。那年政府機關大換班，要充實一批有大學文化的青年進機關，我大學畢業不久，父親又在位，只要一句話，就能進政府機關，能預見到的前途自然不可限量，再不濟也比教書匠要強。我拒絕了，選擇了教師的職業。下鄉回城後當了幾年工人，稀里糊塗混了一段時間的日子，對被迫中斷的讀書生涯總耿耿於懷，二十七歲還苦苦啃了一年高中課本，考上了大學。入學後才發現像我一樣范進式的學生還不少，聚在一起談起來感感慨慨少不得怨天尤人罵天罵地咒一頓，橫豎天高皇帝遠誰也聽不到。華髮早生的我們面對年紀比我們輕機遇比我們好的學生總感羞愧，他們哪知我們的坎坷和艱辛，他們逢時的機遇我們那時到哪兒去尋！老天有眼，搭上末班車的我們讀起書來格外賣勁，畢業後也該是為國出力的時候了。

說大話倒也容易，我又能幹些什麼？

文化大革命和下鄉當農民所消磨掉的青春應當能給我一點啟迪吧，我們這麼無奈地走了過來，別人該不再蹈我們的覆轍。父輩有父輩們的人生道路，當然他們也有許多無奈與悲傷。當紅衛兵時衝衝殺殺橫衝直闖破壞一切的行徑多少帶有父輩們的英雄氣慨與稟性，但我們卻不如他們幸運，一切破壞的後果都降臨到我們頭上，我們不受磨難誰受磨難！腳踏實地幹些實事盡綿薄之力作些貢獻也不枉了自己一生。能把我們的經歷說給比我們年輕的人聽，該是我對人生道路的一種選擇。我還是去教書吧。我對自己說，也對父親說。他理解了我，我心地坦然地從事了教書生涯。

可以後的經歷並不如我想像的那麼坦蕩。

現時的中學教育將過重的負擔過早地加在學生身上，使他們早早就邁入了人生競爭與搏擊的行列。社會環境又嚴酷地將升學率的高低作為衡量學校教學質量優劣的唯一標準，與我們那時被號召去「造反」被驅趕著去上山下鄉已不能同日而語了。

也曾兢兢業業竭盡心智去幹過，一年年下來所教的班級也就幾個學生考上大學，心自漸漸灰了。捫心自問，不是自己能力太差也不是學生智力不夠，純是大學太少競爭太強和諸如此類的不能改變的不是教育本身的外界問題。

坐在漓江岸邊的長椅上我把心想的憂慮向妳傾訴時，妳勸我。這不是很好嗎？

是的。

我回答。有吃有穿的，還能隔幾年出來集體旅遊一次，日子比我們在農村時好多了！比起鄉村那些連火車汽車都沒坐過的農民，日子不是好到天上去了？想多了反倒無益。有時我也反躬自問。

我們的邂逅，尋得了擺脫身負重軛的一絲輕鬆，宛如拉車的毛驢卸卻頸上的軛具就地幾滾般愜意，怎不藉相逢的機緣盡情補償過去應得的歡愉，為何又將不該由我們肩負的苦悶壓榨本來就不堪重負的心靈自尋些煩惱呢！明顯感到妳想用妳的生活感染我，妳的勸說不需用言詞卻比言詞更能使我動容。

※　※　※

妳遠比我現實。

在鄉下只剩我們兩人時，苦寂清冷無望的日子裡我一次次見過妳眼中閃動的熱情。我們生活在一起，妳就感到安適有依靠，像個小家庭般我們共同度過一個又一個辛勤操勞的日子，妳像家庭主婦般精心照顧我，忙完了田裡的又得忙竈上的飯菜地上的雞鴨，計算著手中的錢鈔買得回多少油鹽火柴。妳渴望有個真正的家，既便今後過清苦的日子也情願心甘。

在外人眼裡我們確實是一個家。生產隊出工湊在一起時，青年農民常拿我們當玩笑的材料：你們才好耍咧，白天一起吃飯，晚上講不睏到一起去，鬼才曉得！皇帝老子也管不到你咧！

鄉下人開玩笑的放肆放到城裡可以告他犯罪，與我們知青畢竟隔了一層，還不到動手動腳程度，取笑兩句算是對我們的客氣。清冷陰霾的山間田野中不開幾句刺激放浪的玩笑使大伙開心一樂，簡直能悶死人。

我對妳的傷害影響了妳的婚姻。極度悲傷與沮喪幾致使妳不能自拔，想至平淡後，草草嫁與了一個妳不愛的男人，只因他是一個男人只因他住在另一個城市。嫁與了他能遠離我能遠離使妳傷心的一切。但你們的婚姻沒有維持多久，他離棄了你。從此妳就變了一個人，無比堅強地面對了嚴酷的世界。

後來，妳毅然辭掉了固定工作，做起生意來。那是一段極艱難困苦的時期，況且，妳身邊還有個幾歲的女兒。

苦雖苦，但你明白自己所幹的一切都是為了自己，自然會去拼全力。法律不健全，空檔多，國營又競爭不過私營，只要會幹，哪能不賺錢！

開了間百貨商店當了老闆的妳不無驕傲地說。

來桂林是想採買些廣西的商品，附帶痛快遊玩一番。有錢有閒的妳自然今非昔比了。不變的是妳的痴心，儘管我無情地傷害了妳，妳仍一如既往地鍾情於我。妳的坦蕩包容敉平了我的內疚，使我仍能無邪地揮灑我的熱情與摯愛。

家中都好吧。

避開我的眼睛，好似極力避開鼠夾上的誘餌，逡巡不去的饞鼠，終究抵抗不了誘惑，小心謹慎試探著去叼誘餌。妳看似隨便地問。

並不是我不想把我的家庭情況告訴妳，是怕傷了妳的自尊才不去提它。也猛然使我省得我倆倏忽燃起的激情，猶如天上的閃電，雖迅速膨脹出巨大的能量，究竟只能是短短的一瞬。我們共同擁抱的只能是過去，想擁有未來的期望竟一下子顯得渺茫起來。

好得再平常不過了。

我淡淡地回答。如水般的日子，實在沒有什麼好誇耀好敘說的。

說完又覺後悔。我想表達的是我已深深沉浸於被瑣碎家務磨淡了的平如秋水般的平庸家庭生活之中，不想使妳產生誤解。但我也知道，不管把話說得多麼圓潤也難以消除妳心中的念頭。我知道妳想聽到什麼。

像是專注於抽煙，一口濃煙從妳口中逸出縈繞在妳的頭頂，緩緩淡在空氣中。漠然的表情難道能掩飾妳的內心？

話說到這個份上，都感覺很累，好比長跑競技膠持在一起的兩個運動員，都想打破並行的狀況，消耗過大的體力不允許一人衝向前去不甘落後的心理又使誰也不願落後一步，只能徒耗體力掙扎。

走！吃飯去。想吃什麼儘管說，不用擔心錢。

還是妳豁達，摁熄煙蒂，站起來說。

※　※　※

拿著菜單竟不知如何選菜地看看又合上看看又合上，只把注意力放到菜單令人咋舌的價格上。妳也不難為我，自去點了養在玻璃櫃中吐信昂首貼玻璃挺著的一條粗粗的眼鏡蛇，眼見服務員捉了進了裡面，又要了龍蝦魚翅的一些菜，然後坐著慢慢品茶。

四壁牆上毫無道理地掛了幾幅影視明星拿姿擺態的裝飾畫片，把個優雅環境破壞殆盡，為極盡奢華的餐廳硬生生揉進許多平庸。

吃過嗎？

夾起一片帶汁的蛇肉，妳問我。

怯生生輕咬一口細細地咀嚼。現在吃過了。嗯，好鮮。

慢慢喝完一瓶葡萄酒，都燃著煙，啜著服務小姐送來的香茗。

旅遊團的幾位老師帶了妻子同遊桂林，平日節儉成癖的老師們當著眾人把學校中的斯文拋棄乾淨，為省錢不願為妻子另租房間，說好話去旅館借來幾塊門板用凳子支成床，硬擠進同來女教師房間的空處，絲毫不顧忌那幾位女教師的慍色。吃飯時更是狼狽，到開飯前急急先去十人一桌的餐桌上，每樣菜撿上一點，盛些飯遮掩著端去送與等在房間的妻子。

一頓飯每每吃下來，手腳慢的就要吃光飯。不能寬容的背後早就有了不好聽的話，告訴了領隊的，領隊的也只能唉一聲，再勸一句：有什麼辦法，他們就那麼點收入。

邊喝茶，把這事說與妳，想妳會鄙夷地一笑，不想妳也凝重得不能出聲，半天也只能唉出一聲：人到了這地步，哪管得了那麼多，要是我，也會一樣！

※　※　※

穿行於滿是金髮碧眼的外國人的商店櫃檯狹道，妳一點也不覺自己與周圍環境不相諧地趴在櫃檯上透過玻璃仔細觀賞裡面陳列的珍珠瑪瑙翡翠古玩。要妳不要踏進常人不能問津的藝術品店，妳執拗不聽，一腳就進來了。

飽飽眼福吧。

妳眨眨眼睛笑著說。

一輩子也不會有這些東西，看了不更饞？

敷衍潦草地東瞧西看，看不出櫃中的東西為什麼值那麼多錢。一塊拇指蓋大小的碧綠玉石竟標五千元的價碼，我指給妳看。像我這樣的收入不吃不喝整整幹兩年才買得起那麼一塊沒有任何實用價值的小石片哇！能向老外們稱道的恐怕也就是這些老祖宗留下來的古玩玉石珍寶之類了，挺胸凸肚雄糾糾的老外想占有這些東西的氣派真不是我溜一眼的小家子氣可比。

看得仔細的妳，禮貌有加地招手喚來櫃檯小姐，要她拿一個妳看中的綠中暗隱白紋的玉手鐲出來看看。小姐上下瞥妳一眼，冷冷地講要交了押金才能看。打開手提包，妳拿出一疊鈔票，冷冷遞過去：數數，看看夠不夠？

小姐臉上綻開了笑：這就拿給妳。先看看這個，不滿意我們還有好的。

謝謝！

舒手進鐲子戴在腕上捋袖子伸過來：看看，我戴上漂不漂亮！

能不漂亮？我心不在焉地說。我知道妳不會去買它，只不過，只不過是想在櫃檯小姐面前顯示顯示。顯示什麼？顯示妳並不比那些金髮碧眼的老外弱。

妳真的把它買了下來。因為我說了漂亮。妳真的很高興，說早就想買個玉鐲戴戴了，就是見不到漂亮的。

真的漂亮。我又補充說。生怕掃了妳的興，難得有我們在一起什麼也不想，高高興興的開心時刻。

※　※　※

妳將麥克風遞與我，說：你也來一首！

木然地握了麥克風把心存的歌曲濾過來濾過去竟沒有一句能與卡拉ＯＫ的帶子相吻合，

哪像妳，能唱那麼多流行歌曲。其實，那麼濃膩的愛情歌曲不應當屬於妳。也當是我不能唱而生出的嫉妒吧，莫名地嫉妒了妳。實際上我能不明白妳就是唱與我聽的？平常妳恐怕也難有如此愉快如此盡興的心境。

我能唱什麼？這樣吧，我唱一支最簡單的語錄歌。

語錄歌？你還記得語錄歌？虧你的好記性！

不待我開口，妳就笑彎了腰。事後妳說我臉上的表情如同做錯了事怕挨打的孩子。

也不是唱，簡直是乾嚎：下定決心不怕犧牲排除萬難去爭取勝利……

二十多年前我大概也是如此這般唱的，不管如何怪模怪樣怪腔怪調也不會有人敢笑吧！

早就捂了肚子喊別唱了別唱了的妳，眼淚都出來了。索性，我來了精神，拿架勢，吊嗓子唱道：想當初，老子的隊伍才開張，總共才有十幾個人，七八條槍……

※　※　※

攜妳的手出了卡拉ＯＫ廳說去象鼻山看看吧，離得那麼近還沒去過。妳跟了我走。

穿過馬路進入人行道護欄內見一女人指手劃腳口沫橫飛慷慨激昂地演說，看一眼就知是個不合時宜的瘋子，誰也不去理她只管走路。繞過她時對她的奇異裝束還是忍不住多看了幾眼：弱不勝衣的身上套著一件六十年代的綠軍裝，左臂一圈紅袖章，不看她衰老多皺的臉，儼然一個當年的紅衛兵。

對著路中川流的車輛對面人行道匆匆行走的路人高聳林立的商店，瘋子演說畢又振臂高呼：打倒美帝、打倒蘇修、打倒中國的赫魯雪夫……

時間在瘋子的身上停滯了，二十多年前單純的她虔誠地呼喊這些口號時，總該還是個熱血青年吧。她的身前身後已矗起了二十年前不存在的高樓，輝映著街景的大樓茶色玻璃中恐也能映進她的身影，她已注意不到這些了，只能沉浸在自己的輝煌與瘋狂裡，浸在只需付出的激情與激昂的單純裡。好在路人倒也不把她當作煞風景的把戲，連孩子也見怪不怪地瞥一眼就走自己的路。

只我們兩個閒人走過去了仍不忍地回頭久視，她那撕心裂肺的口號喊得我身上直爆雞皮疙瘩。

並不只是電影和書籍能把歷史凝固，對吧！

低頭朝前走，我對不發一言的妳說。妳仍不發一言地低頭朝前走，聽不見我的說話。

也並不只有瘋子才把文化大革命烙進自己的靈魂。我搖搖妳，是吧！

嗯。

妳沒有說話的興致，我就不能再說。默默朝前走。

到了象鼻山，各處看了，又沿灕江尋了一個小小的綠洲，遠看將鼻子伸進灕江吸水的石象。棲在碎石灘上戲水的水鳥被我們驚得四散飛起，又聚在天空盤旋，戀戀不捨地不願遠飛，確見我們並無惡意，才陸續降下仍去石灘水邊嬉戲。

不動地長看汩汩的流水繞過永不抬頭的石象，漸漸就能觸摸到平日常說又不能言喻的雋永與永恆了。沒有言語的只默默用心去體驗就能把過去不能想明白的東西與眼前的景物融為一體，似乎自己也成了它那不可捉摸的一部分了。

走吧，天快黑了，我得回去了。

我站起來，將因賞玩而捂熱了的一塊圓滑的鵝卵石用勁丟進水中，水面激起的漣漪一瞬就被流水沖沒。

象背上有一柄劍，你看！

象鼻山上的普賢塔遠遠看去確像沒入石象背上的劍柄，看了真使人不舒服。我早就留意到了，只是不想說出來，更增添空氣的凝重。妳倒毫無忌諱地衝口說出來。

走吧。

※　※　※

就你仍死抱著臭知識分子的清高。

妳不經意說出來的話語，是妳對我的結論也當是我們桂林相逢相交一星期妳重新品味出來的我的稟性。其實我有什麼可清高的，一個教書匠，只不過固守著自己一點不能改變的個性罷了。

你的清高表現在——在漓江岸邊徜徉時，妳手指街邊擺攤的小販，開玩笑地說——你不屑與這些為了蠅頭小利而苟苟營生的俗人為伍，同時，你也不願與那些不勞而獲高高在上的官僚合流，對嗎？我說得是否嚴重了些？

是的，我似乎有這個模糊的認識，但說不清。

妳亦變成了另外一個人，不僅僅是妳與過去不同的穿著打扮，不僅僅是妳老練瀟灑的接人待物的風度，也不僅僅是妳忘記前嫌只記舊情與我無拘無束相互信任的親密。妳實實在在面對現實的處世是我下判斷的主要依據。

在世俗生活中日日歷練的妳我，相互觀察的眼光與為人處世的態度畢竟有了不同。妳與生活的抗爭和自強不息的奮鬥，為我所不能，但妳決不是那種為了自身利益而翻滾得俗不可耐的女人，儘管妳日日在俗人堆中翻滾。

※　※　※

離開桂林日子的迫近，我們又將天各一方各自東西，生怕分離時刻到來而表現出魂不守舍的神情如丟失了貴重東西般地緊緊追隨著妳。我心中也不是滋味，挽留不住的時間悄悄為我們抹上一襲淡淡的哀愁。

我對妳的相知畢竟又多了一層，能不嗎？日日如剝筍般的知道妳。

妳的情韻、妳作愛時的翻新花樣一直引得我很興奮。在長年的家庭生活中我一直沒有歷練得如此老練周到。我不知妳仍有這等如火般的熱情，不知妳的風情能濃膩得如重重疊疊的蛛網般將我緊緊裹罩住不能自拔。興奮時也常將妳想得很浪，心中冒上來的褻瀆妳的思緒又常使我後悔。妳不把我當作極鍾情的男子，何又能淋漓盡致的表現自己？它當是從妳本心自然流露出來的施予我，也歸於妳，尋求一種完美至愛的情懷坦現的忘我境界吧。

我們浸淫於其中，其樂無比地把一切拋置一邊，也該是妳讓我脫開固守多年的意識，耽樂忘形及時行樂的明媚實際的指點吧。

人活著就要痛快，像我，除了想辦法賺更多的錢之外，就是痛痛快快地玩，別的事我也不去想了，想多了實在沒有意思。

在旅館房間的床上我們依偎在一起時，妳說。

儘管我有些不以為然，但我理解妳。妳內心的酸楚並不能用外表的灑脫完全掩蓋，也是妳比我更加多舛的命運才逼使妳把複雜的世事合理地簡單化了吧。

接著妳又說——我從來沒把妳當作一個哲人，這次卻使我驚訝——一切都生自本心，你有什麼心，你就擁有什麼世界。信教能使心澄明透徹，世界也就了然無物，一生無有掛礙；心地混濁的，一輩子辛勞掙扎也不會尋得心靈的安寧。我什麼也不信，但心地坦蕩，四周都是我用之物，一輩子也取之不盡，就是有一天我破產了，也會心緒平靜，因為我是白手起來的，不怕。而你……

馬上打住的妳注意地看我的表情，不再說下去。我逼妳，妳就給我打岔。肌膚的接觸中，又撩得我興奮起來，不再追問。懷中擁抱著心愛女人的溫軟，哪還能容得間疏我們的話語打擾我們的親密？

之後，妳起身去沖咖啡。

你的孩子叫什麼，多大了？

說過那麼多話，我們從未提過各自的孩子，想起來了，妳問。

我支起身子，看妳赤裸的背影。妳端著杯子轉身緩緩走過來。妳身後是密閉的暗綠色的絲絨窗簾，床前傾斜過去的檯燈光一點一點從妳腳踝處描了上來：修長的雙腿、平滑的小腹、一步一顫的雙乳、收領含笑的臉蛋，蓬在肩後的黑髮。

平常是練健美操還是搽減肥霜？比以前胖多了，腰腹還不粗，身材不像妳這個年齡。

是嗎？

妳放下咖啡，撳亮屋頂燈。驕傲地走到房間當中，擺幾個姿勢給我看。

是的。被衣服裹住的妳不如現在好看。

真的？

妳什麼時候聽我恭維過人！

坐回我身邊，妳說：你喜歡，我們可以常見面，我打電話給你。我常在外面跑，我來找你，你敢不敢？

挑戰似地直視著我，直如占領城堡的勇士，居高臨下地俯瞰潰在城下的殘兵。

端咖啡趕快抿一口，把眼睛埋進咖啡的浮沫裡，不敢看妳。

我是一個男孩，快上中學了，單名一個康字，就叫陳康。很簡單，我和妻子的姓就是他的名。要說有什麼意義的話，也就求他安寧平安地度過一生就可以了。

也怪哇，妳說。你和我想到一塊去了。我是一個女孩，小學也快畢業了，單名一個靖字，我就叫她靖靖。你看，也是平安平定的意思。

我們對後代的希冀再平實不過了，真不像我們的父輩對我們所寄託的那樣。

你看我的名字，建設建設的，又俗氣又不符實，要不是我父親起的，真想改一個更女性化的名字。妳一邊喝咖啡一邊說。

是的，妳叫建設，我叫建國，剛到鄉下時，生產隊的老鄉還以為我們是兄妹。我們的父輩雖不是由一條路走過來的，但到了解放後均想到了該由他們的兒女去建設這個千孔百瘡的國家。

妳咄咄逼人的話題被我岔了開去。但此時我們仍感覺到了沉重，誰也不願再開口，似乎空氣都凝結起來。

妳把電視打開。

電視中你來我往正殺得不可開交。視而不見的我只讓時間悄悄過去，提不起興致。妳緊緊偎著我，盯看電視，一直躺到天黑。

這樣多好，我真不希望有明天！

最後，妳說。

※　※　※

把買好的貨物托運回去妳還得在桂林住幾天。學校假期旅遊團結束了在桂林的遊玩即將啟程，向妳來道別時我盡量把話說得委婉不致使意料中的妳有半點突兀的感覺。分離的日子日日臨近而使我們時時閃避的話語終得由我說出。

執手對望又相對無語，妳我無措地竟說不出互道珍重的話語。

桂林的重逢雖完成了我們的相知相愛，我卻自私殘酷地沒有向妳表白妳極願聽到的任何承諾。至現在妳也不問半句，只認命般地讓我們相交的兩條人生線索從此再平行下去。

只以不能傷害沒有任何過錯的我的妻子作安慰，只以如果不在陽朔的船上碰上妳我仍會如往日般的平靜激不起感情的漣漪作慰藉，過去了的只能是歷史，我們難有新的一頁了。

注定的，我仍得回到與妻子共建的家庭之中，儘管妳是那麼地希望我與妳同在，儘管自始至終妳沒有把話明確說出來。

我多次有意避開妳的暗示，使妳拋出的球兒沒人承接一個一個如肥皂泡般破滅，我們的分手，又將把妳的心戳得七零八落。

默默地，妳褪下腕上的玉鐲，放我手上。

不！這不能，妳留著。

堅持推回我手中。妳說：送給你妻子。出來旅遊不給妻子買點東西，不合情理。就說是假的，不值幾個錢！

帶有妳體溫的鐲子，暖暖地咬我的手心。

妳一如既往的周到體察和充分理解，把我的心堵住，還能說什麼！

真的要變成假的，才能相安無事。我們的悲哀似乎是以此開始，似乎也以此為終了。

可是今生今世已不可以把妳忘懷了。過往的歷史已融進了我們共同的身影，也鑄就了不能說是錯誤不能說是正確的妳我，和我們共同的遭際。也只有這麼怨而無怨的面向未來了，儘管不是妳我共有的。

要妳不用去送了，妳執拗地送我去公共汽車站。最後的時刻在大街上當著眾多路人不能相互擁抱，只極平常地握握手算是最後的道別。

要說的話任怎麼也說不清。要說的話再說已是多餘！

待我上了汽車，站在車窗下的妳才極傷感極平常地說了一句：來信啊！

使勁點頭似把心中唯恐妳不知的別離時的不捨和依戀和道不清的思緒盡數表演給妳。

漸行漸遠的汽車看妳漸縮漸小的身影，又使我想起那年從農村回城時淚流滿面的妳看我上車遠去，沒有流淚的妳卻用妳內心的淚水那麼哀愁地將我的心淋得透濕！

夢寐舊情

一

我說一個夢，你幫我解解。

盛裘怡是我大學的同學，在客廳落座後，她直截了當地對我說。

近幾年幫人解了一些夢，我漸漸有些煩，不相熟的人求我解夢，一般都被拒之門外；相熟的朋友找我，我總找理由推託。

最好不要我說，解夢有時會把人講得很難堪，妳內心的隱密被我測知，朋友之間不好再見面。我照例把盛裘怡的要求推了出去。

但她仍然堅持：你太看不起人了，我就那點肚量！

上大學時，我和盛裘怡很要好，交往了幾年時間。她是那種性情不穩定的姑娘，我性情孤僻的一面也使她難以接受，內心的距離，我們都感覺到了，畢業後，我們各奔東西。她結婚，我沒去，有了孩子後，她又找到了我，經常來坐坐，但我們從不提過去，不過，她倒偶爾問問：你怎麼還不結婚？

和這個問題同時困擾她的還有：你怎麼學會了解夢？這兩個問題，我都無法回答，只是笑笑，表示無話可說。

不要逼我，我們這麼熟，不給妳解是為妳好。妳應當最了解自己，還用別人幫忙！我說。她不再求我，隔一會，像是自言自語地說：我做了個夢，夢見與別人下棋。說完，眼睛不看我，站起來在客廳來回走動。

倒是我有些忍不住，問：就這些？

是的，她馬上回答，坐回我對面的沙發，再沒有別的，就這麼簡單的一個夢，你看說明什麼？

說明什麼？這很簡單，我說，妳大概要與別人發生口角。這一段時間火氣可要小一些，遇事千萬不能意氣用事，要不，可能還會出手相鬥。

真的？

真不真的講不準。這是我幫妳解的第一個夢，也是最後一個，以後不要用妳的夢來煩我了。妳心中想什麼，我不想窺探，就像妳不想窺探我的內心一樣，我們這樣不是很好嗎。

她走了。我有些後悔，怕一發而不可收拾，幫她解了一個夢，她還會求我解另一個。這個簡單的夢，不過是試探我，她一定有嚴重的心理問題，她可能有朦朧的認識，但又不全明白，想讓我幫她。我解夢，只能幫人明瞭被夢遮蔽的內心，把夢所顯示的內容說出來，但不能替人解決實質問題。盛袠怡要我幫她解決心理問題，恐怕找錯了人。

一星期後，她打來電話，說：你說對了，我真的吵了一架。對著話筒，我沒作聲。聽筒中又說：你還在聽嗎，我又做了一個夢——我馬上說：我不是說了，上次是幫妳解的最後一個夢，我不能再說什麼了。她不聽我的，飛快地說：我又做了一個同樣的夢，你說會有什麼預兆？

我想了想，欲言又止，像屢戒屢抽的癮君子，終於忍不住：最近一段時間，最好不要騎車上班，坐交通車也行，走路也行，仍騎車的話，肯定會跌一跤。上次不聽我的，這次可要記住哇！

我的耐性，總如拉滿的弓，不得不射出的箭，到時就忍不住。我的話一定會令她出一身汗，又得膽顫心驚幾天了。我覺不出我在逞能，我不懷疑我的話，我擔心的是當事人的心理準備不足，由剛開始的新鮮好奇，而引出一番令自己痛苦難堪的經歷，這往往是他們始料不及的。我不願看到這一點，但我不會說圓滑的話，盛袠怡難以明白這一層，好在她這兩個夢還簡單，她決不是為這兩個夢來求我的，以後還會牽扯出什麼，肯定不是愉快的結局，只要她能承受，也怪不得我了。

果不出所料，幾天後，她又來了電話，說：你又說對了，我真的摔了一跤，還跌得不輕，班都不能上了，當初聽你的就好了。我說：唉呀，真對不起，現在妳住院還是在家裡，我來看看妳。她說：不用了，過幾天會好，沒什麼。你要真關心我，再給我解個夢，我又夢到了與人下棋，不過這回我贏了。不管這回是什麼預兆，我都聽你的，再不能吃虧了。

我想了想，說：這可要恭禧妳了，妳可能要發點小財，到時不忘請我的客就行。不會吧，她有些不相信，真會這樣？你根據的是什麼？這個不用問，我說：應驗後，再給妳解釋。

一個月後，她坐回我的客廳。第三個夢應驗了，她中了六合彩，高興地買了條煙送我。這麼神，怎不早告訴我，你有這個天才。過去我們好時，是不是就猜到我們不能成夫妻！盛裘怡從未說過這麼大膽的話，她的高興難掩她的內心，把我們過去不敢挑明的話，當玩笑講了出來。也許她已為人婦、為人母，已經歷過以前視為神秘的男女歡愛，把神聖已看得平淡了，只是把我說得不好意思了。

不，不，我可沒那麼神，要能預測，我不比妳還先發財，何至現在打單身。

天下姑娘你都看不上，怪誰！你做夢不，可能夢中的情人要好於現實中的姑娘，才對女人不感興趣了吧。

現實中的東西，恐怕永遠好不過夢中的東西，要不，我們就不會有夢想了。不過，妳把我比作沉湎於夢想中不能自拔的神經病，可把我看扁了。她笑了：你是個不可理喻之人，過去的你可不是這樣。你說說，怎麼知道我的夢的。

我說：這很簡單，下棋就是博弈，博既搏，象徵與人爭鬥，不在口舌之間就在拳腳之間，妳是女的，當然限於口舌之間為多，男人可能就要慘烈得多。

那第二個夢，為什麼是跌跤呢？

妳想想，發生口舌之戰後，妳的心情如何。妳不是說還動手了嗎，想必這場戰鬥還很激烈，妳的心緒在一段時間內能平靜？帶著煩亂的心情去上班，現在的交通妳也知道，到處亂糟糟的，妳小心不撞人家，人家還撞妳呢，心不在焉的騎車急忙上班，還能不跌跤！

好，這可以理解，那你為什麼知道在我第三個同樣的夢後，會發一筆財？

我笑了：這也簡單。我香甜地抽了一陣煙。看她等不及了，才緩緩地說：妳不是買了有一年多的六合彩嗎，妳說一次也沒中過，但妳不氣餒，繼續買下去，希望有一天會中彩。妳告訴我第三個夢後，我想到了這個，只要妳繼續買，就如妳希望的，會有中彩的可能。按常理，禍兮福所依，接連兩次禍事在妳身上出現，也應來點福事了吧。妳的夢中說這次下棋贏了，這句話代表了妳的情緒，妳的心情已好轉，心情爽快，做什麼事都會順利，不會蹇塞不通。不知妳注意沒注意我當時的措詞，我只把結果告訴了妳，沒說時間，沒說發什麼財，這種結果的自由度很大，在一年或幾年內，妳中了彩，或在別的路上發了財，都能應驗我說的結果。在人生道路上，經過妳的努力，能不有進外財的時候，我還能說錯！

聽了我的分析，她並沒有釋然明白的表情，倒極冷靜地說：智者千慮，必有一失。你上當了，這三個夢都是我編出來的，我壓根兒就沒做過什麼與人下棋的夢。不過，你的推理倒沒有話說，但我不明白，既然我在編話騙你，怎麼能當夢分析出這些預兆？

想不到妳變得這麼兔，妳恐怕從沒有相信過我，照妳的話說，這樣，我們還能成夫妻！我輕輕地刺了她一句。

不是我不相信你，也不要把以前的事扯進來，過去我對你有一種說不出的感覺，這回可抓到證據了，不正是由於你自以為是的孤傲，才影響了我們的關係，你能意識到這一點？

過去了的已經過去，我從不說我做的都對，有傷害妳的地方，那都是無意的。我相信妳，才不存戒心，不相信妳，才會隱瞞我的面目。妳能看到我缺點，是因為我從不隱瞞，妳卻沒有原諒我的缺點。不說了，還是回到妳的夢上來。

盛裘怡馬上接口說：不是夢，是我隨便的意想。

三個相同的夢，就當是妳隨口說出的意想，妳隨口說時，沒說別的，偏偏連說三次與人下棋，這表明妳心意已動，並用語言表達出來，這種意想已由開始的無意變為有意了。清醒時說出的意想，可以當作真夢來占斷，這種意想與真夢其實沒有兩樣，如果妳把一種意想當作夢，並說了出來，便已是吉凶的兆頭了。既然妳的意想具有真夢的性質，為什麼不能當作真夢來解呢。結果妳也說了，都一一應驗，不更說明妳的意想就是一個個的夢！

盛裘怡不說話了，好一會，她才說：你不像給我解夢，倒像進行邏輯推理。

對，我說，妳的眼光犀利了一些，抓住了我的缺點，我這樣來占斷妳的夢——妳的意想，確與傳統的占夢方法不同，也就是說，占夢沒有這樣的方法。但解第一個夢，推斷妳有口舌，古代夢書上有占辭，是這樣說的，夢見與人下棋，欲鬥也。下棋由兩人對壘，欲決一勝負，決雄雌的過程，都由爭強鬥勝心理所使然。夢見彈琴，希望得到知音，預兆是得到朋友；夢見五穀豐收，預兆得財，這都是採取把夢象轉化為同它相連的某類東西，再根據某類東西說明夢意和人事的方法。這不難理解吧。我解妳第一個夢，就是用的連類諧音法，即先把下棋轉化為博弈，再根據博與搏的諧音，占斷妳有口舌。不管怎麼解，最主要的是心中首先要有個總體把握，把握不住，就解不開，占斷就會出錯。方法只是一種手段，採取什麼方法並不重要，同一個夢能有幾種解法，重要的是心中的那個總體把握。

那第二個、第三個夢的預兆和結果怎麼會不一樣呢？

妳告訴我第二個夢後，我就不能用第一個夢的解法了，為什麼不用，我也講不清，大概下意識中有些明白妳說的可能不是真夢吧，所以第二、第三個夢都用的是事理推斷，根本不用解夢方法。有很多事，只要稍想想，把前因想明白了，後果不難推出來。不信，妳根據我講的，作一番推理，也能得出一樣的結論，不難吧。妳不要把解夢看得那麼神秘，那麼玄，其實它們都在事理情理之中，比如把下棋解成欲鬥，稍稍作些聯想就行，古人不就是根據這些總結出來的！

假如，我克制自己，沒有與人吵架，你說的預兆不就落空了，哪能準呢？

預兆和結果之間有必然的聯繫，能避免的，顯示出來的將是不同的預兆。不過，這都是很玄的問題，我也說不清。

盛裘怡說：對我來講，都是神秘的，恐怕一輩子也搞不清。

是呀，我說，要妳想到了，還會用假夢來試探我！

二

妳不致再用假夢騙我吧。

盛裘怡又來求我解夢時，我首先堵她。

星期天早飯後不久她就來找我，大概她已相信了我。

真的假的你一猜就知道，還能瞞你，我只有洗耳恭聽的份，還能耍滑頭！中午我們出去吃飯，上午聽你說，餓了我們一同出去，不要吃盒飯了。我說：不用，中午我煮麵條，上街熟人看了不好。

那我晚上來，誰會注意。

好，晚上再說。做了什麼夢，先說說。

她先說了一個我們在大學約會的事。兩人相約了去街上吃飯，剛坐下，進來一位系裡的老師，她只好把老師招來坐一起。菜來了，我默默地吃，不敢與她講話，她也只與老師搭訕，我們相互都不說話。草草吃完，我先告辭了，她同老師一同出來，帳還是她付的。

那時我們也是，她說，我們又不是戀愛，吃一頓平常飯，有什麼。

妳這麼想，當時怎不和我講話？我說。

舊話講完了，她才開始敘述她的夢：

我看見我的房子在眼前，但走了好長的路也到不了跟前，後來走到了，又不想進去了。我知道房中有條大蛇，那條蛇看我來了，就爬到我身上吃我，還對我說，你是個陰奉陽違的小人，是個庸懦無能之輩。那條蛇還在繼續吃我，從此我再也不敢進房子了。

聽完她的敘述，我沉思了一會，說：今天是禮拜天，時間有的是，我們說點別的行不行，這個夢不要解了。妳再說個我們過去的笑話，中午不煮麵條了，我們一起去吃館子。

她笑了笑：你解不出？我就知道。洋洋得意的樣子。

妳說的什麼呀，故事不像故事，一點邏輯都沒有，要我怎麼解。

真的不能解？她倒急了，不，你能解，看表情就曉得你全明白了，就是不講出來。

我把椅子提到陽臺上，打上火，抽了支煙，說：我們曬曬太陽，難得冬天的好太陽。

她搬椅子傍我坐下。太陽暖暖曬著我們。

有話都說出來，我不會生氣。

真的？

真的。

好，妳這樣說話，我明白妳是帶著問題來的，也明白我的解釋會對妳不利，才說不生氣不發怪，是不是？

好厲害的你！別再折磨我了，我是過來人，什麼話不能說。

我說：這是妳們的家事，我不能多嘴。不過，有句話我還是要說的，才說不騙我，妳把別人的夢當妳的，又來試我了，要我如何相信妳！

盛裘怡不好意思笑了：莫說那麼多了，不管誰的夢，解開就行。

我還是作難：真的不好開口，妳要明白，就不用我解了。實在開不得口。

明白了還找你！在我面前別裝正人君子，沒吃過豬肉，還沒見過豬走路！你還是處子，還是童男？要我給你立貞節牌坊！

話說得這麼絕，就怪不得我了，我躊躇了一會，開口說。這個夢應當是妳丈夫做的。從敘述口氣看，是他講給你聽的，由妳再講出來，是不是摻雜了妳的話語，我說不準。

你怎麼知道？

我會把它說清楚。妳先回憶一下夢的內容，每個細節是不是那樣說的。

她說：我不過像錄音機一樣把夢複敘了一遍。

我開始給她分析：夢中有幾個重要的象徵，比如蛇。詩經上就有這樣的句子，「維虺維蛇，女子之祥」，說的是夢見了虺蛇——虺是古時的一種毒蛇，就是生女孩子的徵兆。大概因為蛇生活在洞穴之類的陰濕之處，古人就把蛇作為女人的象徵了。而且，我直視著她的眼睛，夢中的蛇——女人，就是妳，妳別急，聽我把話講完。還有一個象徵，房子，它可以象徵妳們的家，或者是，或者是，讓我怎麼說呢——應當象徵妳們夫妻的房事，還用我繼續往下說嗎？

你說吧，我聽著。盛裘怡一臉嚴肅，沒有難為情的神態。

我只好繼續往下說：夢中用了個成語，是「陰奉陽違」，妳是這樣說的吧。實際上這個成語用錯了，正確的應當是陽奉陰違。這絕不是一個小小的口誤，而是解夢的關鍵，把它解開，整個夢一目瞭然。我接著解釋：概念是抽象的，夢中遇到抽象的概念，只能用形象代替，妳注意陽違這兩個字，與陽痿同音，白天運用成語，誰也不會說陰奉陽違，而在夢中要表達陽痿這個概念，自然會把成語用錯，有時也可以用別的代替，如一個叫楊偉的人等等。這個夢用了兩個成語，還一個是「庸懦無能」，妳比較一下，在日常運用中，陽奉陰違比庸懦無能使用的頻率要高。熟悉的用錯，不熟悉的倒準確無誤，這時的錯用就不僅僅是疏忽無意，而正符合夢中形象表達概念的特徵。錯用只是為了借用，借用陽違的諧音表達一個明白的概念。妳想想，把這幾個詞語解開，妳丈夫的夢不就解開了嗎。夢的內容是，蛇爬到我身上吃我——妻子天天需要我；你是個陰奉陽違的小人——我是個無能的人；從此我再也不敢進房子了——從此我再也不敢與妻子進行房事了。

哦，可憐的人！盛裘怡喃喃地說。

話說得直了些，不會怪我吧。

你怎麼這麼肯定是我丈夫的夢？

整個夢內容都是一個男人的行為，妳總不會做這樣的夢吧。別的男人能把這樣的夢告訴妳？除了妳丈夫還能有誰！妳們夫妻的事，雙方都有感覺，雖不明白夢的意義，但妳丈夫一定意識到這個夢的重要性，不然他不會完整地複述出來，明白無誤地告訴妳。妳用這個夢來考我，說明妳確實不知它的意義，不然妳不會用這道試題。同時，妳也感覺到這個夢的重要，雞毛蒜皮的夢，妳不會要我解吧。

我似乎聽人說過，夢是某種願望的滿足，這個夢怎麼是相反的呢？盛裘怡想了好一會，遲疑地說。

不要把解夢看得過死，我原來說過不要把夢看得過玄，玄了就顯得太神秘，死了不利於運用。既便用願望的滿足這個模式來解釋，也可以這麼說，不願意也是一種願望，不願進行房事，也是一種願望的滿足，是表否定的願望的滿足。夢是什麼，就要解成什麼，不能用一種解夢的理論把自己框死。夢象千變萬化，解夢的方法也多種多樣，哪有一把鑰匙打開千把鎖的道理。喝不喝水，妳看，來這麼久，都忘了給妳倒茶。

你真會說話，明明是你要喝水，說那麼多話，倒說我口渴，真不是以前的你了。

還是盛裘怡去倒了茶來，一人一盃捧在手上，慢慢抿著。

我再說一個夢，這回真的不騙你，是我自己的夢。盛裘怡說。

妳哪那麼多夢，一般人做夢都很模糊，早上醒來就忘得差不多，能記那麼多？

好多夢我都忘了，像你說的，白天想都想不起來。這個夢是以前的，但一直忘不掉，又沒人解，今天說出來，你解解，看看我是個什麼人。

剛才的夢，把妳的家事抖出來，我都不好意思，還要解？事實終歸是事實，怕也沒有用。別人我還不相信，對你，我還用得著瞞！

我不敢直視她的眼睛，她的眼睛一閃一閃的，流露出來的脈脈神情，引誘我往深處想，但我不願往下想，她不是我過去的戀人，也不是我現在的情人，她是別人的妻子，我有必要對她了解那麼多？

我知道夢都有意義，有些容易忘掉的夢，對於我的意義可能不大，所以記不住。但這個夢不同，它一直清晰地印在我腦子中，我想，對我的意義非同小可。剛才說的我丈夫的夢，他做夢後一臉的憂戚，醒來怔了好久，又把夢完整地講給我聽，看得出，對他衝擊不小。事情雖過去了些日子，總放心不下，才來求你。

越是意義重大的夢，越能揭示內心的隱秘，對解夢來說，當然更充滿誘惑和挑戰。解夢是種極有趣味的事，你能利用你的智慧洞悉深層的人生，這比為俗事碌碌操忙有意義得多。但妳必須有心理準備，不要因為某些話而傷害了我們的關係，我們還是說點別的事吧。

說點什麼呢，過去的事你又不願提起，對了，過去你可不是這麼伶牙俐齒，不是這麼力透紙背的洞悉人心，時間才過去了幾年，你的變化怎麼這麼大？

我說：世上有兩種不同的人，一種是身體力行地去體悟人生，在世上行走的大多數人都是這樣處世的；另一種人，僅憑思維去感悟人生，他們足不出戶，卻比別人知道得更多，像我——我指指房內桌前的椅子，就在它上面，我知道了許多。當然，還不夠，現在把人把事也看淡了。妳可能還難於理解我，時間長了，也許能明白。

一個人了解自己不容易，更不用說了解別人了，你怎麼選擇了解夢作為你的消遣方式，還這麼孤傲，熟悉透了的朋友不解，陌生人不解，你把一肚子學問悶臭，看那麼多書有什麼用，書獃子！不扯遠了，我還是把夢說出來，你分析分析我。

話說到這份上，我還能說什麼，妳相信我，非常感謝，說多了，反多心，妳說吧。

盛裘怡開始說她的夢：其實我也恍惚，這個夢很怪，剛開始是夢，後來情感因素反倒占了主導地位，反使我不相信是夢。夢是這樣的，在我母親去世前，她得了不治之症，在床上痛苦了幾個月，最後去了。喪事處理完的那個晚上，我極疲倦，早早睡了，夢就開始了。我夢到我母親死去了，但一點悲傷的感情都沒有，和我白天的悲痛判若兩人，心想，她不是死了嗎，看到的也確實是死亡的她。後來她飛到了天上，像是向天堂飛去，我也跟著一同飛去，感覺就像真的飛起來一樣，而且速度越來越快，還飛快地打著旋轉，在旋轉的過程中，伴隨著一種從沒有過的欣快感。後來，後來我就醒了。那種感覺，我是說那種——感覺還很強烈。

我不明白，母親的死，為什麼有那種感覺。後來想起來很內疚，應當痛苦的時候，卻有愉快的感覺環繞我，這是對母親的褻瀆，至現在我還責備自己，不明白我究竟怎麼了。問問你，看能否把謎解開。

我沉思了一會，問：妳和妳母親的關係好不好？

好得再好不過了，她的最後幾個月都是我服侍的。她沒病時，我總有一種擔心，在外出差還時常打電話回家，生怕她發生意外。對母親的關心甚至超過對我的孩子，更勝過我丈夫。我真是做夢也不能想到她會離開我們，在她病中我不知祈求過多少次，盼她病好，如果能用我的生命贖她，也在所不惜。

這是第一個問題，我說，再問一個問題，那天晚上，妳是單獨睡，還是和妳丈夫睡在一起。

我做我的夢，關別人什麼事。

有沒有關係，我心中有數，妳只告訴我，是否和他睡在一起。

是的。

現在大致清楚了。要解妳的夢，我剛才說了，仍會令妳很不舒服，而且，而且要真正明瞭全部內容，還須妳的配合。當然啦，妳如果認為沒有必要，也可以不說，這不能勉強。正如妳說的，我相信這是妳的一個真夢，妳給我說了真話，解了好幾個夢，妳才講妳的真夢，是妳鬼還是我鬼！我先一步步解釋，妳可以反駁我，妳覺得不必要再解釋時，我們就結束。

盛裘怡點了點頭。我接著往下說：這個夢滿足了妳童年的一個願望：希望妳母親死去！說完，我停了下來。

果然，她大聲說：這不可能，不可能！天下再找不到我這樣的好女兒。

別急，我說，我說了，會使妳很不舒服，不是我讓妳不舒服，是妳的夢。妳說過，夢是願望的滿足，說明妳也懂一些解夢的方法，妳的夢，正好能用上這條理論。停了一會，我緩緩說：先冷靜些，聽我慢慢分析，不對的地方，妳指出來。

希望母親死去的願望，我說，應當是妳童年有過的想法。過去妳也跟我說過，家中有什麼事，妳母親總袒護妳弟弟，對妳反而嚴加呵斥。兒童時期的反抗行為，在家庭中總是指向雙親的，一般是女兒指向母親，兒子指向父親。妳的家庭情況我也知道一些，妳父親溺愛妳，妳母親溺愛妳弟弟，我去過妳家，明顯感覺到了這點，既便妳們已經長大，這個痕跡仍是很明顯的。再說，孩子一般都不真正懂得死的概念，死亡不過是一種不在，和親人從不回家的概念相等同。如果對自己太嚴厲的親人不在家，或從不回來，小孩子是多麼的高興。這種兒童心理，我相信許多成人還記憶猶新，我不相信妳從沒有過希望愛呵斥妳的母親不在家的願望。

嗯，似乎有過。但時間長了，不用勁回憶，哪個還能想起那時的事。人長大了，懂事了，再也不會有那種念頭。

是的，人長大了，那種念頭想起來就覺得好笑，慢慢就忘了。這時又會出現另一種情況，這種情況，我相信妳絕不會想不起來。我們相交往時，每次去約妳，都遭到妳母親的白眼，我不分析妳母親對我的好惡如何，至少，妳買件時髦衣服，她也干涉吧。如不是她過多的干涉，我們現在的關係——這說明什麼呢，妳長大了，成了一個有男孩子追求的漂亮姑娘，而妳母親已不再年輕。她也是從有男孩子追求的年代過來的，但現在不再有人追她，不再有人奉承她，妳所渴望的自由和異性之愛，已不是她能追求的東西。她確實希望妳幸福，我一點也不懷疑，她要挑一個比我更適合妳的小伙子，我也明白她完全是為妳的幸福考慮。她在規勸、干涉、監視妳的行為時，內心確實是出自對妳的關心，但其中是不是也摻雜了對妳含苞待放的美麗的嫉妒，和她自己紅顏不再的惋惜呢？畢竟她是同妳一樣的女人，人的弱點她能不具有？妳是一個成熟的女性，不用我多說，憑妳敏銳的直覺，能不體會到她那點包藏極深的內心？母女之間的這種微妙關係，我想妳現在不用細想，應當還殘留在心底吧。

盛裘怡不說話，只低頭喝水。

我接著說：妳的丈夫，我說句直話，妳並不真正愛他，妳遷就了妳母親，妳母親覺得他適合妳，妳才接受了他。這種關係，和妳心中的追求，是不是有了距離。

事情過去那麼久了，不要再提了。和任何人的關係，沒有能比我們母女更親密的了。

據我分析，這是一種逆反應心理。我不是說妳盡孝道不對，也不懷疑妳和妳母親的關係，更相信妳完全是真誠的。那種逆反應心理，我知道連妳自己都不明白，完全是下意識的行為。妳說出差在外，怕母親出意外，打電話詢問的例子，表現出過度關心和過度心疼，不自覺的把這種逆反應心理表現出來了。什麼是正常，什麼是過度，確實極難區別，不是妳的夢，我不敢說這個話。

你說這麼多，與我的夢有什麼關係？

只有把這些話講清，才能分析妳的夢。妳母親的去世，妳是極度悲傷的，幾個月的病前服侍，喪事的操忙，做夢的那個晚上，我相信妳一定極其疲倦，一定睡得很死。只有這時，潛藏在妳心靈深處的東西才會乘機浮至妳的夢中，也只有這樣的時機和時刻，妳童年希望妳母親離去的願望，才有機會重現於妳的夢中。夢想的東西，成了真正的現實，現實的情況又喚起了妳兒時的夢想，所以在那個晚上，妳就做了母親死亡的夢。而且，妳先別急，聽我把話說完，妳願望滿足的最重要的證據是，妳做的是一個情感並不悲傷，甚至說是一個愉快的夢，這與親人故去的情感背道而馳，作為論據，妳還能否認！

是呀，奇怪之處也在這裡，你這麼解釋，我提不出異議。但既便這樣，也不能說你已真正了解了我。

別急，我還沒有講完，把話講完，妳就不會說這樣的話了，但我不能往下講了。

盛裘怡笑了：過於自信的人，最終要以失敗告終。我不相信你還能知道我什麼，你把我分析得那麼壞，壞人的心理，恐怕只有壞人知道得最清楚，你應當比我壞十倍。她邊說，邊笑，引得我也笑。我說：我是大壞人，妳是小壞人，其實妳比我壞十倍，我只是不說。

你說我不孝，我認了，還能說我什麼！不是說妳不孝，世上最好的孝子賢孫，也可能有妳同樣的心理，這和孝不孝扯不到一起。我是說夢還沒分析完，妳願不願意，或者，妳敢不敢聽我把話說完！

再難聽也是一句話，有什麼不敢。你說！

我認真地看了看她。盛裘怡已是位成熟的少婦，少女時的天真與羞澀，早已找不到蹤跡。我相信她的理解力，也相信她的心理承受能力，不管我說出什麼話，她都應當不會覺得難堪。

我說：這個夢迷惑妳的並不是因為妳母親的故去，而是——從這個夢開始，妳才成為了一個真正的女人，懂我的意思嗎？這是一個使妳覺醒的夢，夢的後半截，不用我說——妳明白了吧。

說完，我看到了盛裘怡臉上的紅暈，我知道她聽懂了我的話。

我喝完一杯水，她也沒有開口。

還是她忍不住：夢真能提供那麼多內容？要早知道，不找你就好了。

妳的面紗終於被我撩開，妳不比我壞十倍！我調侃了一句。

這是始料不及的，她說，你怎能從夢中知道那些事，我不說，連我丈夫都不知道，好厲害的你。停了停，她接著說，我們彼此已是心照不宣了，你乾脆把窗戶紙捅破，看是如何知道我的事，我不怪你。沒有什麼不好意思的，男女之事不過是公開的秘密。你不要直接涉及我，就當是分析別人，我是旁觀者。

夢的魅力妳已體會到了，我勸妳今後再不要求人解夢了，我不給熟悉的人解夢，原因也在這裡。我說說我的分析，我不是分析妳，是分析另一個女人的夢。

很多人都有這樣的體驗，在飛快地上升、下降、旋轉時，那個器官就會產生快感，如從滑梯溜下，盪秋千、乘電梯、坐蹺蹺板等。尤其是孩子時，那種感覺最強烈，而且終身不忘。那個女人的夢中有飛起來旋轉的內容，還說由此出現了從未有過的欣快感。夢的內容可以是虛幻的，但夢中的情感卻是真實的。痛苦、快樂、哭笑都會持續很久，醒來後的感覺也是明顯和深刻的。由此可以知道那個女人的欣快感是真實的。僅由單純的夢，達不成這種效果，它的來源應當是身體某個部位受到刺激，並不是夢的內容引發了快感，而是由於身體所受刺激，激發了快感而導致了一個有快感內容的夢。夢的前半部分，是喚起了童年的一種心境，後半部分的快感影響了前半部分，所以母親的亡故沒有悲傷的感覺。母親的死亡給那個女人提供了一個契機，綁縛意識的繩索一旦鬆開，心靈會有一種明顯的輕快感，母親死亡的夢代表了此時的心情，它和白天的情感確實是背道而馳的，而且只有在夢中才能尋到這種情感。夢中所想的是，從小管束我的人，永遠離開了我，從此我可以自由自在地飛翔了。壓抑潛意識的東西一旦掀翻，本能就能自由釋放。但僅僅到此，對那個女人的意義並不大，重要的是，那個女人的丈夫此時適時地幫助了她。那個女人告訴我，做夢時，她丈夫就睡在她身邊。過度悲傷後，她正需要撫慰，母親的離去，她可以無拘無束地享受自由，這個時候，她丈夫充當了一個極重要的角色。當然丈夫是不知情的，完全是他的生理需要所使然，他和自己的妻子做愛，妻子還沉在甜夢中。由於這個刺激，妻子在極度放鬆的情況下，嘗到了一種從未經歷過的欣快感，也即第一次迎接了高潮的到來。這是一次極成功的夫妻生活，這個過程，在夢中就表現為飛升和旋轉，情感隨著夢內容發展。這個夢的意義在於奠定了那個女人做為一個真正的女人的基礎。這是一個極特殊的夢，也是一個可遇不可求的夢，要不是這個夢，那個女人仍會——怎麼說呢——

盛裘怡眨著眼睛，似迷惑似回憶地說：要像你說的，那應當醒來呀，當時好像一直在夢中，全部完了後才醒來。

我說：要知道，夢是睡眠的守衛者，而不是干擾者。香甜的睡眠一般都有美夢的伴隨，那個女人做的是個美夢，也多虧了這個美夢，從此，她一發不可收拾。而這以前，她可能還是個懵然的實踐者，還是個付出了辛勞而沒有收穫的農婦。

三

盛裘怡一臉的羞澀。坐在對面的我，也有些不自在，只找話題問她：說了這麼多，也該妳說說了。妳把夢排列一下，能不能告訴我五個夢的時間順序。

你還想知道什麼？她警惕地問。

我想知道的大致已經知道了，對妳的了解從沒有像今天這麼明瞭。我還能預測妳的另一個夢，只要妳對我講真話。當然，不說真話也沒關係。我把握十足地說。說到高興處，我從不掩飾自己的興奮。

你能看透我的心？

不敢，但我可以說，我已看透了妳這個人。

人和心有什麼區別？

看透了人，就能了解由此而生發的意識，也即看透妳的心？比如講，妳一直找我解夢，原因是什麼呢，我已明白了。

我只是好奇。你使我相信夢不神秘，但要把找你的原因猜出來，沒那麼容易吧。我不過就是好奇。

這話留待以後再說。妳應當了解我了，話不說就不說，一旦說了，就要尋根問底，不管妳受得了受不了。這幾個夢的順序是——

盛裘怡只得說：第一個夢是母親死亡的夢，那是一年前的事了。第二個是丈夫做的那個有蛇吃他的夢，大約四個月之前的事吧。後面三個下棋的夢，你都知道，不用我說。

我再問一個問題，我說，妳告訴我第一個下棋的夢後，因什麼跟妳丈夫拌了嘴？

你怎麼知道我跟丈夫拌了嘴？我跟同事，跟鄰居不能有口舌！

不用多問了，我能明確說出妳與妳丈夫的口舌，妳還不明白我對妳的夢了解有多深。妳不是要我幫助妳嗎，還能有別的目的！

你真有那麼厲害？

說錯了，中午這頓飯我請客。當然，說對了，也該我請客。話說到如此地步，我們還不該去吃頓飯。

這沒什麼，我見盛裘怡仍猶豫，緩緩地說，人雖比動物高級，也脫離不開它們的種種形態。人的心理雖是最黑的暗箱，打開來看，既複雜，也不複雜，況且，窗簾後面的隱秘，人與人相去並不遠。妳來找我，不僅僅是為了閒聊吧，我知道妳心中有事，把話說清了，也就舒服了，妳就把我當一隻熱熨斗，心中的皺摺，我會幫妳熨平坦的。

盛裘怡眉間的愁結漸漸舒開，細聲細氣地說：詳細過程我就不說了。為這事，我們不止一次吵架，那天他怪我偷翻他的口袋。我注意他很久了，就怕他有外遇，看是不是有信呀相片之類的東西在口袋裡。但我心中又明白他不可能，止不住的老要在這方面防範他。我控制不住自己，事情就是這樣的，吵得好嚴重，我也不知我怎麼了，鬧得他也很苦惱。是我心眼小，還是怎麼的，我也說不清。

我沉思了很久，找不到恰當的措詞開口。我看到了一個袒露的她，無遮無蔽的她看來沒有隱瞞什麼，全向我敞開了。我能向她講真話嗎，講了真話能幫助她嗎，我開始懷疑我的能力。我想，不管結果如何，還是先把她的心結打開再說。

最近妳一直做夢，我開口了。望著她。她沒有說話，她沉默，我知道我不會講錯。內容都差不多，這種相同內容的夢，一直在妳睡眠中騷擾妳。很多男人在夢中與妳相會。憑我對妳前幾個夢的分析，和對事理的推斷，我可以肯定的這麼說。我不會講隱晦曲折的話，由這些夢，才引發了妳與丈夫的口舌。

她赧顏地點點頭，又搖了搖頭：夢倒是做了一些，但那都是我的事，與我丈夫怎能扯到一起。

我說：夢的內容我就不說了，妳比我更清楚。我想，我也曾在妳夢中出現過，夢中的妳我，肯定有一種極親密的關係。我們既不是情人，也談不上戀人，妳夢中總有一個高大強壯的男人，具有這種條件的男人才能走進妳的夢中，大概一些瀟灑的影視明星，在妳夢中和妳嬉戲應當是平常事吧。

不要再說了，你什麼都好，就不知給人留面子，我又不是塊木頭。

這些話確實不好啟齒，但只有把話挑明了，才能幫助妳呀。這樣吧，我不分析妳，分析的還是那個女人，妳只是一個旁觀者，聽了就行，不要往心裡去。

我邊抽煙邊說：把這幾個夢綜合起來看，那個女人確實有些心理問題，有種曲扭的心理制約了她。說明白點，就是，她已經把自己受壓抑的慾望，反轉過來，投射到了丈夫身上。

不會吧，盛裘怡現出了驚訝的神情，我怎麼一點也不知道？

我不是說妳，我說的是那個女人，暫時妳先別把自己攏進來，不然我不好說話。

我接著說：對那個女人的婚後生活，平時和她的交談，也知道一些。她是個很要強的女人，家中大小事都由她作主，丈夫反倒成了陪襯。這種關係說明她丈夫大概是個能力不強的男人，當然，他們夫妻之間的事，我不能妄加猜測。對那個母親死亡的夢的分析，可以知道，作妻子的感受到了作女人的快樂，慾求熾烈起來，如能得到丈夫的配合，自然再好不過了。可是從那個陰奉陽違的夢所揭示的內容看，丈夫的無能顯而易見。蛇想天天吃他，他卻無力應付，不敢再進行房事反映了他的真實情況。悲劇在這兒產生了，妻子不能在丈夫那得到所需要的東西，而這種強烈的慾求又日日侵擾她，無以排遣。她是個貞潔的女人，不會做對不起丈夫的事情，這時，夜晚的夢就非常自然地幫助她實現了她不能實現的願望。在夢中，那個女人和一個又一個強壯雄偉的男人幽會，浪漫地度過一個又一個的美好時光，這些逼真的情景，令她十分興奮，一旦醒來，夢幻消失，空留的惆悵更令她極其失望。白天黑夜的更迭，夢幻與現實的交替，那個女人會陷入苦不堪言的境地。這時，道德觀念也會出來干擾她，進入夢境時，不會有一絲羞澀感，到了白天，她一定會責備自己。上班與人交往，她是個貞潔的淑女，進入夢中，她是一個墮落的女人，這很折磨人。真是淫蕩的女人，她可能做淑女的夢；真正的淑女，誰能保證不做相反的夢？但她不能明白這些，她把夢內容的不貞潔，視為自己靈魂的骯髒，她譴責自己，命令自己再不能做那種髒夢。在道德觀念的高壓下，被壓抑的慾望總要找排洩的渠道，她就把那種淫邪的想法轉移出去了，此時找到的最方便的對象就是自己的丈夫。因為是他的無能才致使她這樣，那股潛抑的想法和怨氣首先發洩到丈夫身上，他就成了她的替代物。也就是說，犯罪的應當是她丈夫，一定是他有了外遇，在別的女人身上耗費了過多的精力，才使他不能向自己的妻子施愛；或者，有那種想法和經歷的本就是她丈夫，他是個隨便施愛的淫邪之人。這種猜測就像疑人偷斧的寓言一樣，被她丈夫的一句話，一個眼神等等蛛絲馬跡所證實。那個女人從此就陷入了這種被歪曲的現實中不能自拔，也使她丈夫受到誤解而痛苦不堪。這種潛藏的意識，極不易被察覺，想像中丈夫的偷情，實際上就是妻子下意識中自己願望做的，夫妻的角色已錯位，關係也掝換了。我說的這些，原原本本都是根據那個女人的夢推斷出來的結果，儘管她沒有把對她騷擾最大的夢親口說出來。

我歇了口氣，抽了幾口煙，接著說：我想指出的是，這不過是種幻影，是場誤會，那個女人仍是個貞潔的好人，她的丈夫也是個正人君子。當然，要根本解決那個女人的心理問題，還不太容易。今天把話講清楚，是朝問題的解決邁開的第一步吧。

屋中靜靜的，我和盛裘怡誰都沒有說話，似乎都能感覺對方的心跳。

隔了好一會，盛裘怡才想起一個問題：真像你說的，我簡直成了個罪惡的女人，你能拿出證據嗎？

證據？我笑了笑：證據只能在一個極小的特定範圍內說明一個兩個具體問題。洞悉了心靈，才真正把握了不證自明的一切證據。證據不過是泉水中的一滴水珠，心靈才是汩汩突湧的源頭水。我引來一泓清泉聚成了池塘，還在乎濺至渠外的一滴兩滴水花！妳來找我，不是一點不明白，不知道有病的人，不會去看醫生。感覺到不舒服了，又不知哪兒生了病，才會找醫生。對吧。我給妳解夢，不過在妳面前豎一面鏡子，讓妳在鏡中見到一個全面的自己，但要真正解決心病，恐怕還得靠妳自己。

你問了那麼多問題，我也問個問題，你甚至連婚都沒結過，如何會知道那麼多？誰能證明你不是個偽君子！

這可是被妳問住了，我沒有證據證明我不是偽君子，我也不想辯解，說多了妳反倒不信。我不過是個俗世的冷眼旁觀者，正因為如此，才會看到許多人看不到的東西。

這麼說來，你是個地道的窺陰者了。

是妳主動求我的，我不幫妳還不行。妳在臺上表演，還能不讓我仔細觀賞嗎！我是窺陰者，妳就是暴露狂了，不會比我好到哪兒去。

閒話不說了，你說我該怎麼辦？

這種事，我如何幫妳，剛才說幫妳，那是說大話。一切生自本心，去除妳的肉慾心魔，只能從妳內心做起。事情不是已開始了嗎，照鏡子是第一步，接下來，接下來，我請妳去吃飯。

請我去吃飯？飯是吃定了。照鏡子是第一步，吃飯應當是第二步吧，我不相信你不是個熱血漢子。正如你分析的那樣……怎麼說呢，你對我什麼話都說了，你不是希望我說真話嗎，我也說一句，你真的進入過我的夢中……為什麼會夢見你，還要你幫我分析嗎。假如，假如，我能夢想成真呢……

……

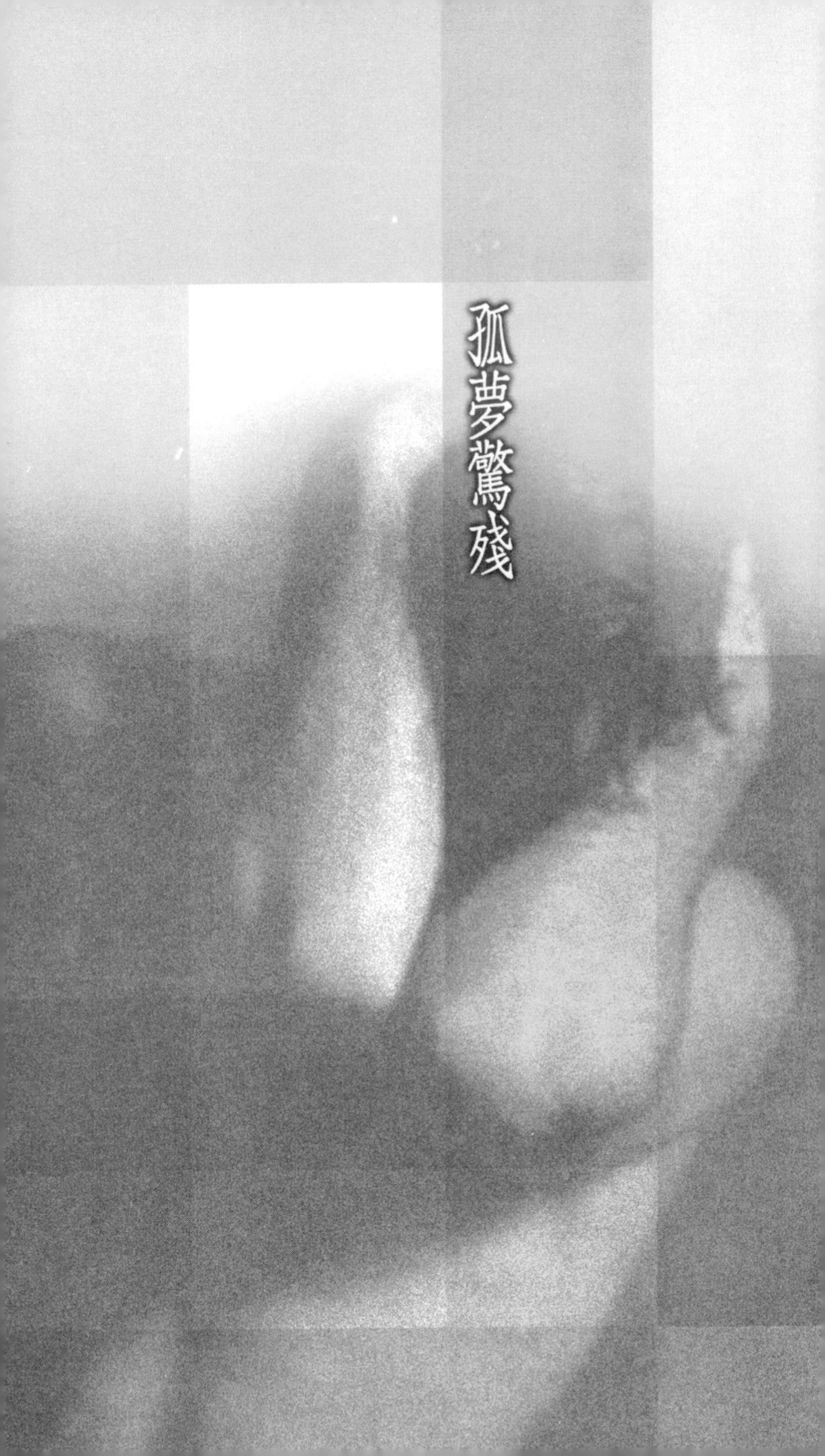
孤夢驚殘

一

姜教授已是第三次找我。

在客廳落座後，他說：總算找到了你，前兩次你都不在，有件事想請你幫忙。

我說：你碰巧了，我正好有事出門。我能幫你什麼忙？

姜教授在大學教心理學，他喜歡來坐坐，不過，我們很少有談得投機的時候。有時被我奚落得難以出門，好在他脾氣好，隔一段時間，又會來找我。

有個案件，是樁殺人案。殺人者有很多心理問題，我想研究研究，但沒有成功，想請你幫忙。姜教授說。

我調侃地說：心理學教授束手無策的問題，我能解決？

姜教授有些窘：不是我的方法不對頭，是他死不開口，他只要開口，我就有辦法。他死不開口，那就只好請你出馬了，我知道你辦法多。

老實說，我從來看不起受了幾十年正規教育，滿腦子盡裝了些別人理論的這種書蟲子。他們所謂的做學問，不過是把活生生的現實硬硬地抽出幾條乾巴巴的瞎子摸象般的理論。像姜教授這樣的心理學家，從不知道用自己的心靈去面對研究對象，能有造詣？

我帶來了卷宗副本，你看看。姜教授拍拍身邊的公文包。我試圖了解這個殺人犯的心理素質和殺人動機，去監獄找他談過話，不管問什麼，他橫豎不開口。大概他知道既死無疑，不願留下讓人恥笑的把柄，也就對抗到底了。他把卷宗拿出來，放我面前：你會感興趣的。

不管怎麼說，姜教授是了解我的，他知道什麼能激起我的興趣，他知道什麼能成為我擋不住的誘惑。

我緩緩翻開卷宗，首先見到的是幾十張殺人現場的照片，被殺的都是年輕的女性，死得都極慘，血淋淋的怵人眼目。每人致死的傷痕均一樣，脖頸被切開，頸動脈大流血而死。更殘忍的是，她們的乳房及性器官均被割去，殘缺恐怖的肢體，看得我幾乎嘔出來。

殺人者叫郭新祥，男性，三十五歲，已婚，受過高等教育。在他殺了七個女人後，去殺第八個女人時，被早有準備的刑偵人員當場抓獲。經審訊他對以往殺人罪行供認不諱，但殺人目的和動機，凶犯拒絕回答。姜教授在一旁說。

草草翻完卷宗，我陷入沉思。

他又說：從卷宗記載的情況看，這個殺人犯是個性變態殺人狂，這你也看出來了。像這樣特徵明顯的例子，極難遇到，我不想放過這個機會。

你想為他辯護？我不客氣地嘲諷了一句。

不不不，他說：我只想做些研究，我不懂法律，也不想找麻煩。你先說說，有沒有興趣，有興趣，我把我的設想說出來。

我毫不猶豫地說：有高招儘管說。

姜教授顧不了我的揶揄，謙謙地說：我有個設想，要委屈你了。我想讓你裝成一個罪犯，去套那殺人犯的話。我見過他，裝不成犯人，你是最合適的人選，沒有像你懂得那麼多的，事成之後——

好了！我打斷他的話，不用說了，我明白你的意思，我可以去試試。不過，具體的事得由你去安排。

那好辦，我有很多朋友，我會為你安排好一切。你有什麼要求？

我想了想：過幾天你再來，需要什麼，我告訴你。從現在起，你要想辦法絕對隔離那個殺人犯一個月，不讓他見任何人，甚至連講話的機會都不要給他，明白嗎？

他說：明白！

二

我堅持要同這個叫郭新祥的死刑犯住同一間牢房，姜教授怕發生不測，想讓我住他隔壁，說話能相互聽見就行。我把需要的材料仔細看過，自持能對付他，也就無所顧忌。我進監房時，他躺著沒動，我在他對面的床上整理帶來的洗漱用具，我們誰也沒有說話，但我眼睛的餘光，發現他在偷偷看我。

第二天吃過早飯，百無聊賴地躺在床上看天花板發呆，這時，他開口了：

你是怎麼進來的？

隔了很長一段時間，我把語氣調得極淡，像說別人的事一樣回答：

殺人！

哈，那我們可是同一戰壕裡的戰友了！

像真的透過硝煙看到不死的戰友般，他的語氣明顯透出壓抑住的興奮。我明白，讓他長久沒有說話機會的辦法已經奏效。我有些忍不住，輕輕笑出了聲。他以為是他的幽默，逗得我發笑，也跟著咧了咧嘴。我側過臉來，正面看著他，他比照片看上去要萎靡些，長期不見太陽的臉上綻著牆壁裂縫般勉強的笑。

有煙嗎？他問。

他們搜去了。

他失望地把身子翻過去，面對牆。隔了好一陣，他又問：殺了幾個人？

兩個！

哦，那比我少，不過，也值了。

太陽從高高的窗口射進來，把鐵柵欄粗粗的影子映在他那面的牆上，外面勁風刷打牆壁的聲音清晰地傳進來，粗粗的柵欄影像宛若風推似地向他頭睡的方向悄悄移過去了一些。

說說，怎麼把那兩個兔崽子殺掉的。他懶洋洋地問。

我含糊地咕嚕：沒什麼好說的。把他們綁在椅子上，折磨了好一陣，用錘子先把男的敲死，再把女的敲死。女的比男的還難死，敲了好幾錘子才不動了。

聽到床板翻動的聲音，他提高聲調問：這是什麼時候的事？

記不清了，是一年多以前吧。他們輪番地審問把我搞糊塗了，大概是一個星期五的晚上十點到十二點之間，天還不冷的時候。

怎麼現在才進來？

原來在別的地方。

那兩個兔崽子多大歲數？

男的快六十了吧，女的也五十多了，不太清楚。

叫什麼名字？他急切地問。

我告訴他兩個名字。

有這種事？他們真是你殺的？

不是我殺的，但他們認為是我殺的。

這話怎麼講？

我冷冷地說：說來你不會相信，誰也不相信，我做了一個夢，夢見有人殺了他們。

一個夢！他驚訝了。

是的，一個夢。

什麼夢！他坐了起來，面對著我。

說來話長。這是一個冤案，我的話，誰也不相信，跟他們怎麼也講不清。

怎麼能說不清？

我說說，看你能不能相信。郭新祥已上鉤，我一陣高興，照已想好的故事，說道：我做了個夢，是那個殺人案發生的當天晚上，我夢見有人把一對老夫妻殺死了。第二天真的就聽說了謀殺案，死的真的是一男一女兩個人，我覺得好奇怪，從傳聞中得知某些情況與我的夢很相似，我覺得有責任幫助公安人員破案，就主動找他們把我夢到的情況說了。剛開始他們誰也不相信我，過了幾天，來人找我，要我仔細談談夢的細節，我又跟他們詳細說了一遍，一點隱瞞都沒有。這時，災禍就降臨到我頭上，他們認定是我殺的人，把我關了起來。

有沒有證據？

沒有，但我講的細節與他們勘察現場所分析的情況一模一樣，他們認為不是凶犯不可能知道得那麼詳細。而且，案發的當晚，我是一個人在家睡覺，沒人能證明我不在現場，我也就百口莫辯了。

那，他遲疑地問：你在夢中能不能、能不能，見到那個人？

哪個人？我故意問。

那個殺人的人。

我苦笑了笑：要能見到那個人，我還能在這兒見到你！夢中那個人的臉是模糊的，看不清。

哦，對，對。他鬆了一口氣：世上真有這樣奇怪的事？這怎麼可能呢。

我也不相信，但你看我睡在這兒鐵一樣的事實，還能說什麼！

他看了看我，若有所思地說：世上最奇妙的恐怕就是夢了，進來之後，我也老做夢。

這個時候了，你還有夢？我故作驚奇地問。

為什麼不會有夢？他反問。

郭新祥再一次上鉤，我心中一陣舒坦：夢總能給人以希望，儘管是幻景一場。我手指鐵門鐵窗：這個時候了，還能有希望！

他們判了我死刑，人生已走到盡頭，但晚上還是有夢，你說不應有夢，是什麼意思，你沒有了？

我的情況不同，我是冤枉的，還有點希冀在心裡，能不天馬行空地瞎想！

那你認為我是罪有應得囉！

不，我趕緊說：我不了解你，但你說我們是同一戰壕裡的戰友，能不同命運共呼吸？

他笑了：你很會說話。唉，不講這些了，我講個夢，你看奇不奇怪。就是兩天前做的。

我的心一陣跳，認真地聽他說。

我夢到文化大革命的時候——你願意聽嗎？這是一個長夢。當時我還是個少年，父親被造反派鬥死之後，我突然長大了，變成一個強壯的小伙子。那時武鬥得很厲害，兩派都有武器。經常打仗。我奪了一挺機關槍，衝進一座樓裡。那些把我父親迫害致死的人都在裡面。我大吼一聲。他們都抬頭看我，一張張仇人的臉，全露出了驚恐。一陣掃射，我把他們都殺死了。我看到了血流滿地的場面，好痛快，痛快極了。後來就圍來了很多人，我沒有支持者，我孤身一人和他們鬥，最終寡不敵眾，被他們抓住了。這中間還有好多細節，像真的一樣，我不細講了。他們草草審訊了我。我一言不發，一點都不害怕，倒有視死如歸的酣暢感覺。他們沒辦法，就對我執行槍決。我看見他們拿著半自動步槍對我胸口開了一槍。我感覺子彈打在心臟上，並感覺到了痛，就醒了。睜眼看時，是天花板上掉下來這麼大一塊石灰，正砸在我左胸上。你看看。他手指頭上天花板窟窿用手比劃著：我奇怪，石灰塊掉下來的一瞬間，為什麼能使我做那麼長的一個夢，夢中的經歷好像有幾天，那子彈打在身上就跟真的一樣。你說你的夢奇怪，我的不奇怪？

我故意沉吟了一會，說：這不奇怪，我可以從幾方面把這個夢說說，你看在不在理？分析夢很枯燥，你有沒有興趣？

什麼興趣不興趣，時間有的是，你儘管說。有人說話總比一個人呆著強，這段時間悶死我了。進了牢房就等於進了棺材，你感覺不到？

我說：我們經常做夢，不知你有這種體會沒有？我們的一生，在夢中很快就過完了，像電影一樣，每個階段只有幾個畫面，而且還可以跳躍，從小孩子一下子就變成大人了。夢有加速意念流動和跳躍的功能。有些夢覺得做了很多內容，你感覺到很全面很充實，實際上，是概括和簡約的，情節也是有選擇的，並不面面俱到。有些細節是事後回憶時加上去的，像編故事，有了個梗概，就能臨時找到好多合適的細節，何況是自己的經歷，細節自然俯拾皆是！某些經歷在我們腦中有囫圇的影像，我們去復敘它，要費很多語言，邊回憶邊敘述的過程，就把腦中概括的影像拉長了。

聽完我的話，他疑惑地說：你是說我添油加醋編夢騙你？我說：別急，你聽我把話說完。這個夢應當是你以往生活的積澱，是你沒有意識到的一個幻想，或者說，是潛藏在你心中的一個意識。在強刺激的一剎那，要使這麼長的夢得以完成，沒有一個成竹在胸的夢幻想，你的夢盤子端不出這一道早已做好的佳肴。觸發是偶然的，但夢的內容是必然的，就像黑暗中突然躥出一個人嚇了你一跳，那個人早就躲在黑暗中了，只是你不知道。如果換了我，恐怕石灰塊只能把我砸醒，做不出你那種夢。

郭新祥不以為然地說：你這樣解釋不是沒有道理，但你為什麼不把你說的那個夢，像這樣細細分析給他們聽呢？

我告訴過他們，夢到的是別人殺人的全過程，與我毫無關係，他們誰也不信我的夢話，只以為我故弄玄虛。實際上，能證明我無罪的證據有的是，他們就是不動腦筋，氣不氣人？不過，話又說回來，換了你，能相信我！

能！他很乾脆地說。

三

能？我心中一喜，故做驚訝地問：你這麼相信我？

世上恐怕只有我能相信你！說完，他覺得有些失言，馬上轉移話題：跟那幫蠢蛋沒什麼說的，我最瞧不起他們。進來前，我捉弄過他們好多次。郭新祥說著，來了精神，站起來，在屋內踱著步子：有一天，我和老婆去逛商店，他停了停，望著我：我結過婚，你知道不？我不是天生的殺人犯，我是一個正常人，還讀過大學。我有一個女兒。唉，不說這些了，反正我也不想再見她們了。逛商店那天，人不多，我感覺有便衣在顧客中間遊蕩，見了他們我就想讓他們出醜。我知道他們狐假虎威個個蠢得要命。我趁便衣注意我時，故意把手迅速伸進老婆的口袋。那個蠢東西以為是小偷，一把抓住了我的手腕。我也不含糊，右手一拳打在他臉上，打得他鼻血都出來了。待他明白過來，掏出證件，我假惺惺地連說對不起，心裡笑得不得了。那傢伙明白了我們的關係，只得道歉，吃了個啞吧虧，悻悻走了。

還有一回。一掃臉上的陰沉，郭新祥顯得十分興奮，不像個久居囚籠的人：你不知道，我好久沒說話了，以後說話的機會也不多了。他們找我談話，我一個字都不說。我們同命相憐，你人合適，你有出去的那一天，以後能記住我就行。

我還能出去？

你能出去！相信我。我們不扯那麼遠，我還是說我的事。那天，我去同事家喝酒，半夜才推車出來，正碰見幾個騎摩托的巡警從對面駛來。我故意慌慌張張騎車逆他們飛快馳去。他們覺得我可疑，掉轉車頭追我。我盡往小巷子鑽，害得他們摔了好幾個人，最後把我堵住了。他們問我為什麼跑。我反問他們為什麼追，我又沒犯事！他們扭我去派出所。去就去，我還巴不得。最後他們知道理虧，想把事平了。我偏不平，和他們打了一場官司，雖花了些錢，畢竟他們敗訴了，我出了口惡氣。

你這麼幹，不為你以後設置了障礙——我是說，你的目標不更大了？

遲早有這一天，這不可怕，反正我在他們眼裡早就是壞人。像你，什麼也沒幹，也跟我關在一起，還不如真的幹點壞事，也不冤。看得出，你是個能人，對夢有些研究，關在這裏，不可惜！

什麼可惜不可惜、冤不冤的。唉，我就是這個命。你搞不贏他們，有什麼辦法！

我再說說夢，他說：你剛才說的，我想了想，確實在理。你看太陽，還不到中午。他拍拍床頭的一摞書：你沒來時，就一個人看書，他們還允許我看書。

我早就注意了他床頭的書，全是宗教的，其中佛經最多。

他接著說：大概他們以為我要懺悔吧，也不干涉。到了晚上，總有夢干擾我，什麼夢都做過，我的一生都在夢中出現過，當然，還有那些被我殺死的人。做得最多的還是我父親死去的夢，它重複出現，內容又不相同，像子彈打我的夢，還有別的。有的夢中，父親還活著，像我小時看到的那樣；有的夢，他死了，又活了過來。我不知道這是什麼意思，你給我解釋解釋。

你能不能講具體點，隨便講個具體的夢。

我的夢很雜，一下子想不起來，你看能不能解。

你父親是真的死了，還是還健在？

文化大革命時，他被造反派鬥死了，已二十多年了。他有高血壓，有一天掛大鐵牌子遊了一天街，晚上開批鬥會，到半夜，他一頭栽在批鬥臺上，再也沒有起來。後來倒是平反了，還是那些人，又說了好多好話，有什麼用？鱷魚的眼淚那一套，我見多了。

你母親呢？

她與我父親劃清了界線，又結婚了。

那時你多大？

母親改嫁時，我十五歲。父親死時，我十三歲。

你原來——沒進來的時候，也做過這樣的夢？

做過。這件事對我刺激太大了，但那時做夢後沒有這麼悲涼的感覺。夢到他活著時，有種幸福感溢滿胸中，後來又是悲傷的，不知為什麼。我是說現在的夢。

你說得比較籠統，我不好具體分析，但從你說的情況看，可以捕捉到這麼幾個意象。比如講，你的夢中並沒有意識到你死去的父親已經不在人世了，這時，你就把你與你父親擺在同一位置。這種心境說明什麼呢？你不要生氣，我直話直說。事實上，你父親已經死了，如果你和你父親在同一位置，那麼，這個夢就說明，你夢到了自己的死亡。

郭新祥點點頭：有可能吧，夢的意思我不明白，但我有這種感覺。

我接著說：再一種可能就是，假若死亡和復活在夢中同時出現，大概就有這樣一種心境產生，他不論是死是活，對我都一樣，表現出一種極度的冷漠。通過和你的談話，我看不出你對死亡有多少恐懼，這種冷漠，在這個時候，倒顯得與你現在的思想非常吻合。請注意，這是種無動於衷橫豎由之的冷漠，而不是思前顧後心有內疚的懺悔。是吧？

他靜靜地聽我分析，不說話。

還可以這樣分析，我說，假如你夢到你父親仍然活著，你就會想到他已經知道你現在的情形，那麼，他會怎麼想呢，這是由自責心理引起的夢境。你說了，夢到父親活著時，剛開始有幸福感，最後還是由悲傷的情緒籠罩，你覺得對不起你父親，這種內疚感緊緊地纏繞著你，能不悲傷！我給別人分析過這類夢，有些春風得意的人往往夢到已死去的親人仍然活著，他們自然是在夢中願望這些至愛親朋看到他們現在的成就，與他一道分享現時的快樂。這很好理解。窮途末路的人，見到了自己的親人，心境一定是淒涼的。

我接著說：你做得最多的是你父親死去的夢，不管怎麼說，你父親在你心中是一個崇高的形象，這個形象一直左右你的心境，不論你做了什麼，都不願玷污這個形象。那麼，最好的情況是什麼呢，只有他不在人世，才能永遠不知道你現在的情況。所以，你父親死亡的夢就出現了，只有這種類型的夢，才能使你平靜，你父親的靈魂才能得以安息！

四

聽完我的話，郭新祥沉思良久，說：我的夢，你不點明，我想不了那麼多，但我有朦朧的感覺。以後教我兩手，我分析分析自己的夢。

我說：有時間我們可以長談，釋夢的方法很多，要靈活掌握。你還可以講講你的夢，我們從具體的夢入手，你自己揣摩，自然就知道了。

他說：我想想，哦，有了，我再說一個，你幫我解釋。這是很早以前的一個夢，但我一直忘不了。我曾夢到過一個小孩，也就十四五歲吧，那時，全國都停了課，沒有書讀，天天和他一般大小的少年到處去玩。有一天，他到了一間屠宰場，那兒的情景給他留下了極深的印象，他從來沒見過那麼多豬被集體屠殺。幾百頭豬被趕到一個圍欄裡，一個屠夫手拿八字形的電極棒，往豬的脖頸上一按，豬嘣的一聲就直挺挺地倒下了。然後被倒吊在一根履帶上，運送到一個操刀的屠夫前。這人熟練地往豬脖子捅一刀，酒盅粗細的血水奔湧出來，流在一個血槽裡。履帶再把豬送到另一些人面前，就被開了膛，紅的白的肚腸掛下來，一會就掏乾淨了，然後就被剝了皮。最後是一群穿水靴繫膠皮圍裙的年輕女人，白慘慘的豬就擺在她們面前的臺上。操刀的女人一邊說笑打鬧，一邊熟練地切割，頃刻之間，整頭豬就變成了一堆堆肉塊。有些長得很好看的女人，她們幹殺戮的工作，就如同洗個碗，擦個碟子一樣的平常。這個少年被眼前的情景震懾了。這時，他突然感到一種快意溢滿全身，心臟突突跳躍，亢奮無比，持續好一會，情緒才慢慢平靜。後來他又單獨去了好幾次，每次都能激發他的快意，使他感到滿足。你說說，這個夢怎麼解？

我沉思了一會兒。我知道，他已完全相信我了，有他這個故事，我來監獄的目的就達到了。同時也明白，他對自己的行為並不完全了解，如知道的話，他絕不會跟我說這些。他想對自己有更清楚的了解，不得不透露自己的隱私了。我說：我還沒問過你，你為什麼殺人？

不為什麼。生下來我和你一樣，也是正常人。

你殺過幾個人？

你的話像審問。我原來說了，殺的人比你多。

要解夢，有些事我需要知道。你怎麼回答都行，但不要問我為什麼。我接著問：你和你妻子關係怎麼樣？

嗯，可以。

她知不知道你的事？

原來不知道，我被抓起來後，才知道。

你和她和諧嗎，我是指那個方面。

……

我不想打聽你的隱私，解夢自然會深入你的內心，有些話還是由你講出來為好，儘管我心中有數。我還有一個問題，你殺的是男的還是女的，是老的還是年輕的？能告訴我嗎？

假如我剛才的話是謊話，是編造出來的故事，你還能分析？

這沒關係，話都是從你嘴裡出來的，不管是編造的故事，還是真實的夢，我都可以分析。

我指指他床頭的書：佛經你也熟悉，我打個不恰當的比喻，剛才的問題，就像禪宗的參話頭，假如你問，如何是祖師西來意？我完全可以驢唇不對馬嘴地答：鎮州大蘿蔔頭，或者庭前柏樹子之類的昏話。看似答非所問的話，實則都是觀心之法門。我是有目的地問，我並不需要你真正回答我的問題，不管你怎麼回答，都反映了你的心思，既便你不作聲，你的沉默也是回答。一問一答中，我已了解了我想知道的東西。

不可能吧。郭新祥眨著眼睛疑惑地說。

我知道我的話把他懾服了，心中笑笑，又緊接著問：你喜歡動物嗎？

喜歡。他老實回答。小貓小狗我都喜歡，最喜歡的是小雞。小時候養了一群小雞，它們很聽我的話，我可以叫出它們的名字，我叫一個，它就跳到我手上啄食掌中的米粒。你信不信，到現在還沒有看到別人有這樣的功夫——哦，我明白你的意思了，索性，我再多說幾句。我養雞想都沒想過吃它們，它們能下蛋的時候，造反派就抓了它們殺了吃了，看他們殺我的雞，我恨不得去跟他們拼命。父親死後，誰都敢欺負我。他們也象徵性地丟了點錢，我當他們的面把錢燒了。我哭了好幾天，比父親死都哭得傷心，真的。父親死後，人抬了回來，他們不讓哭，說死有餘辜，母親也不讓哭，我只偷偷掉淚。他們殺了我的雞，我才真正大哭一場。說到這裡，我見他眼裡閃動著淚花，我把眼避開去，說：我沒什麼問的了。

過了好一會，他帶有祈求的口吻說：你還能跟我說說？

我看看窗外，太陽已經西沉，屋內已暗了下來。怎麼說呢，我說，我的話都不中聽，你不要見怪。說得確切點，你剛才說的不是夢，應是一段回憶。

不！是夢。

好，就算是夢，有時小時候的回憶也能原原本本進入夢中。你先別打斷我。我認為是你過去的經歷進入了你現在的夢中。你不是說過是早先的一個印象深刻的夢嗎，這個夢非常好解，它的內容沒有解釋的必要，被夢內容遮蔽的意義卻顯得十分重大，是它導致了你現在坐在了這裡！

他默默看著我，期待和企盼不掩飾地寫在了臉上。

我說：我的話會講得很直，你覺得難堪，我就不講了。你應當明白是什麼因素導致了你殺人，不過，你不明白是不是真像你認為的那樣，換句話說，也就是要找個人證實你的感覺。

郭新祥一句話不說，專注地看著我。

我接著說：你的情況雖特殊，但也不是絕無僅有。你敘述的夢，是你的親身經歷，這段經歷發生在你的青春期。你說那個少年十四五歲吧，正是春心萌動的年紀。有極少數人，在這個時期，由於某些因素，導致了性興奮的指向不能專一，它不能按正常路線把異性作為慾念的對象，而往往在一度強烈的性興奮之際，對身外的某一事物突然產生了極深刻的印象，把它作為了慾念的對象。你的夢揭示了這個極重要的內容，你看到肢解動物的場面，因此感覺到了強烈的快感溢滿全身，並產生了充盈的滿足感。我想，不用我明說，你也清楚，它代表了什麼，它對你的意義有多大！一般的經歷很快就忘了，但某些意義重大的經歷，為了不致忘懷不致變形，在多次的回味中，不知不覺就和夢混同了。這時的經歷夢，才能永遠享有保真的溫馨。我可以大膽地說，你在看到肢解動物的那一刻起，勃發的慾念就專注於那種血淋淋的場面了。當然，我還說不準是由於見到殺戮流血，或者是見到割裂肢體而引起的興奮，還是由於看到年輕女性熟練操刀運作引起的興奮。據我所知，在某些人身上也有這種現象，有人對一切精熟而矯健的動作，如看馬戲、體操表演，或是某項球類運動，甚至工廠裡的勞作等，都可以成為覓取性快感的源泉。我不知道你是採取哪種手段殺的人，如果知道了，就能明白你的性興奮專注在哪一點上。

你能肯定這是導致我殺人的原因？郭新祥不動聲色地問。

你告訴了我三個夢，這三個夢正好揭示了你殺人的部分動機。剛才的話我還沒有說完。產生歧變的因素很多，你的經歷很特殊，許多能引起歧變的因素都集中在了你身上，家庭的變故、心靈的創傷、引發強烈性興奮的偶然事件等等，把這些因素綜合起來分析，就能得出這樣的結論：你把能引起你衝動的事物作為了一種象徵，固置在心中，只要有這樣的象徵出現，就能引起你的快感；或者，你會專門去尋找這種能引起快感的象徵物，也就是說，為了獲取你異於常人的快感，你什麼事都能做出來。根據這一點分析——我說句題外話，你肯定與你妻子的性生活是不和諧的。

他把眼睛避開，不看我，有氣無力地說：僅憑這一點，我會去殺人？

不，僅有這一點，還不會使你去冒殺人的風險。還有一個重要的因素，這個因素也是顯而易見的，要不要我把它說出來？

你想說什麼就說什麼，我還怕你說話不成？你可以把自以為是的分析進行下去，不過，我要問一句，你被捕前是幹什麼的？

幹什麼的，我也說不太清楚。我只能告訴你，我有一份工作，這是我的飯碗，但我有許多愛好，為人解夢只是愛好之一。我免費為你解夢，你說我是幹什麼的？至於夢解得對不對，我不敢自誇，你比我清楚！

五

我不顧郭新祥的尷尬，像診斷病人一樣，繼續往下說：你第三個夢，揭示了你的歧變心理，這種倒錯的性經驗，把你引向了歧途，改變了你的一生，埋下了殺人的種子。另一顆種子，就是你的復仇心理。

我盯著他的眼睛看，他控制著臉上的肌肉，眼睛慌亂地不敢看我。

你的第一個夢，就是子彈打在胸膛上的那個夢，實際揭示了你的一個夢想，你要找那些迫害你父親的人復仇，而且，復仇的手段是暴烈的，你想一個不剩地殺了他們。這個夢，我只分析了一半，即夢形成的原因，並沒有分析夢所潛藏的意義。夢潛藏的意義，是復仇！這是深匿於你內心的一個重大情結，它時刻叩擊你的心扉，在外界一個合適的刺激下，猛然冒出來的就不會是一個別的什麼夢，你的夢盤子端出來的必然是這個復仇的夢。這個夢完整無遺地滿足了你復仇的願望。你父親的死，是復仇心理形成的根源。你心愛的小雞又被同一幫仇人殺了，這也是一個強刺激。在你需要人疼愛時，你母親離開了你，你稚嫩的心靈難以接受一個接一個的打擊，很多積鬱沒有發泄的渠道，你應該正常發展的性格，開始扭曲。這段時間，正是你的青春期，你逐漸發育成熟的性能力，在心靈的重壓下，很容易向一個不正常的方向發展。這時，恰恰那個殺戮的場面給了你極深的印象，從此，你不知不覺就把觀看血淋淋的殺戮場面作為了你慾念的對象。我可以這樣給你下結論，性的歧變和復仇心理，導致你成為殺人犯。而且，至現在，你復仇的火焰並沒有因為殺過人而熄滅，到了這兒還有這樣的夢困擾你，如沒有進來，你還會去殺人，是吧？

郭新祥坦然地點了點頭。

我的話不使你難堪吧。

他搖搖頭：我怕什麼？殺人不怕，被他們殺也不怕，還怕你的幾句話！

不過，我說，我有點憂慮，我覺得你所幹的一切，似乎只有象徵意義，也就是說，你只對象徵物下了手，並沒有去殺你的仇人。

這話什麼意思？他警惕地問。

雖然我還不太了解全部事實，但你講的那兩個對警察進行報復的故事，使我產生了這種想法。警察是權力的象徵，你父親死於二十多年前的那個特殊環境，殺害你父親的，不應是哪個個人，應是那個社會環境。我再問一句，你殺的是男的還是女的，是年輕的還是年老的？

他遲疑了好久，不情願地說：是，是，一些年輕女人。

有幾個？我緊問一句。

有一些，我也記不清了。

我故意用得意的口吻說：我估計我的分析不會錯。我可以肯定地說，你的報復，純粹是一種象徵行為。那些年輕女人不是參與迫害你父親的人吧，殺死她們，你沒有選擇正確的對象。殺人是為了復仇，但你最感興趣的是殺人的過程。在殺人的過程中，你獲取了快感。為了獲取這種異乎尋常的快感，你會一個一個接著幹下去，而把真正的復仇擱置一邊。你說，你是個什麼人？你只能給你父親的臉抹黑！

說到高興處，我總難考慮我的措詞，像決堤的洪水，要把心中的話語傾泄乾淨，完全不顧忌對方的情緒。

郭新祥對我犀利的分析和尖刻的語言，沒有反駁，在他的臉上看不到難堪，也看不到對我的憎恨，只有滿臉的霜冷。

意猶未盡的我，繼續往下說：警察是社會秩序的象徵，你捉弄他們，就是對現有秩序的蔑視。這種公開的面對面的報復行為，又反映了你另一種心理——自虐心理。你捉弄警察，與他們打官司，而這同時，這是我的猜測，你又沒有停止你的殺人行為，這不是故意引誘警察的注意嗎？道地的殺人犯，會把他的行為隱蔽得不露一絲馬跡。你對社會的反抗，採取的好像是以子之矛攻子之盾的做法。你用你的方法對付了這個社會，潛在的意識中，你是不是又希望這個社會將你作為一個壞蛋對付掉！如純從心理角度分析，你的自虐行為與虐待別人的行為同出一源。

六

說這麼多話，口不乾？郭新祥拿我的漱口杯去水管下接一杯冷水，放我面前。我端起來，幾口喝完。

他在監房內低頭踱著步子，我閉目養神，不再開口。大約一個多小時後，他坐到我床邊，說：我們見面才兩天，你是個不簡單的人，如果在外面認識了你，我們可能成為朋友。我一輩子沒有朋友，我老婆不了解我，只是我身邊的一個女人。在世上獨來獨往這麼多年，沒什麼使我留戀的，就是我女兒，也不過是我和女人尋歡後的錯誤產物。我到世上是一個錯誤，她又何必再走一遭呢。別的不多講了，有件事必須跟你講清楚，我不願意看到我的朋友因為我而受冤枉。你做夢殺人的事，是我幹的，明天我就去承認，把你洗出來！

我把臉上的表情盡量做得誇張些，提高嗓門驚訝地說：不可能吧，這怎麼可能呢！你完全沒有必要把屎盆子往頭上扣呀！

不為你，我不說這個話。我不是逞英雄，那對老夫妻確實是我幹掉的。不記得哪位哲人說過，惡人親往犯罪，止於夢者便為善人。你只在夢中殺人，當然是善人，我卻是你夢中的那個殺人犯。我們關在了一起，天下奇妙的事太多了，你說我們有緣，我信了。

你怎麼讓我相信呢？

那把打死他們的榔頭沒有找到吧，我把它埋在了公園的一棵樹下。原想丟進河裡，後來還是把它埋了。只要把它挖出來，我的罪名不就成立了！

僅這一點，也不能完全證明就是你殺的呀！

證據當然還可以說出一些，他們問我，我再說。你不要以為我是好人，我和那兩個惡棍一樣，死有餘辜。那兩個人是我父親死的那個晚上，上臺批鬥他最厲害的人。正是因為他倆輪番的指鹿為馬的惡言穢語，直接導致了我父親的死。對這樣的人，我拿起了復仇之劍，在捶死他們之前，狠狠地折磨了他們一陣，出了口惡氣。你不是說要證據嗎？這就是所謂的動機。你有動機嗎？多年來我一直注視著他們，君子報仇十年不晚。在他們即將退休，將享天倫之時，我冒了出來。我告訴他們我是誰。他們尿都嚇出來了，後來又狗一樣的求我，我還是舉起了錘子。他們知道我父親有病，一點惻隱之心都沒有，我能手軟！平常我殺女人用刀子，像殺豬一樣，一刀割斷頸動脈，看鮮血噴湧而出，再割取令我、令我那個的器官。殺那兩個人，我沒有快感，只有仇恨。大概因為殺人的手法不同，那些蠢公安想都沒想過是我幹的，如果不是為了你，這恐怕就是個永遠的秘密了。你剛才分析我只把殺人作為一種象徵，不全面，我對我的仇人不手軟，只可惜我的復仇還遠遠不夠。

想不到，真想不到。我喃喃地說。

他們從來就想從我身上榨更多的油，這回又滿足了他們，讓他們高興去吧。你解我的夢——不，分析我這個人，我想了很多，原來模糊的，現在清楚了。你說我有自虐心理，你再給我說說，我陷入進去了，不能客觀分析自己，還是旁觀者清，我相信你。不管什麼心理，我覺得我這個人從來就沒把死當作一回事。

郭新祥有些激動，他手指床頭的那些佛經說：看了這麼多書，我也明白都是因為我的妄念太多所使然。但我不能像你一樣把這些妄念分析得那麼有條理，即便現在，要放下心念也難。我不懺悔。我知道法律不講放下屠刀立地成佛的那一套。我們的古人從來把生死看得很淡，自古就有明乎晝夜之道知生死的說法。我們不像西方人那樣，把自己不知道的未來，用已知的現在去規定，用所謂的道德分出天堂地獄。我們的陰間陽間是同等的，另一個世界也有爭鬥有等級有冤獄。在這一世界走不通了，就去另一世界走一遭，有什麼可怕？就像太陽下山了要睡覺一樣。

聽了他的話，我沉思了一會，說：現在我才算徹底了解了你。你的話是真誠的，你用行動解救我，我感謝你，這種話，我知道你不愛聽，我不多講，我只把要講的話講完，只對你的自虐心理多說兩句。原以為你只把象徵物作為了復仇對象，現在看來，你的復仇非常現實。你的報復給了你雙重感覺，你私自當行刑官之後，復仇心理和快感都得到了滿足，但接踵而至的負疚感又伴隨著你。殺人不符合你的良知——每人都有菩提之心，每人都有良知。你的內心會產生懲罰自己的念頭，所以與你殺人行為相伴隨的，就有種種自虐行為表現出來。那麼，你最終目的是什麼呢？我認為，你是用毀滅作為炫耀，並通過炫耀來自毀，以自毀來實現你的人生價值！

七

從監獄出來的第二天，姜教授來到了我家，他說：抱歉，沒有去接你。我的朋友把一切辦妥後才打電話給我，我想讓你睡一個好覺。這一星期辛苦了。

我們喝著咖啡抽著煙，舒服地仰在沙發上。我說：不管什麼事情，當它向你封閉時，你認為它十分神秘玄奧，一旦敞開大門，能進去倘佯時，又覺得很平常，會有原來不過如此的想法。

姜教授把話接過去說：要舉例的話，可以說初認識一個漂亮女人，她似乎有很多秘密關閉在她拒絕你的兩個眸子後面。一旦和她親密之後，一切都平淡了，和自己的妻子大概不會有太多的兩樣。

我笑了：你總算跟上我的思想了。

說說，你知道了些什麼？姜教授迫不及待地把話引入正題。我對缺少幽默感的他立刻產生了不快。

你要寫論文，他是一個鮮活的例子，但要在理論上有所突破，恐怕也難。當然，我不下結論，結論由你自己去做。

我把監獄中幾天的情況原原本本說給他聽。我說得很細，我們倆的飲食起居、郭新祥的行為舉止穿著打扮都作了描述。姜教授聽得很認真，除了錄音，在我講的關鍵部分，還作了筆記。

待我講完，他提出第一個疑問：你能肯定那對老夫妻是他殺的？

在作準備的那一個月，我不是向你要過這十幾年謀殺案的材料嗎？不管破了的和沒破的，我都仔細分析了。閱讀他殺人的材料時，我發現他在兩次殺人之間，間隔了很長一段時間。他雖有很強的自虐心理，但也有謹慎的一面，找不到一個合適的時機，他不輕易下手。殺了七八個人後，案才破了，他的手段不能說不隱蔽。那對老夫妻被殺一年有餘，還沒有破案，在看材料時，我注意到他們曾與郭新祥的父親在同一單位工作過，文革中當過造反派，文革後調離了，這引起了我的重視。再綜合別的材料，我覺得案子可能是他做的，所以編造了那個夢，倒真的把他矇住了。

我在公安部門的朋友一定會感謝你，為他們破一個懸案，真是意外的收穫。

我吐出一口煙：不管怎麼說，總是用欺騙的手段，竊取了他的真誠，想起來心裡不是滋味。

真誠？和殺人犯講真誠講良知？姜教授冷笑道，這種人槍斃十次都不嫌多。

我悶悶地抽煙，不作聲。

接著，姜教授又提出了第二個問題：假設他不和你說夢，你能有別的方法讓他開口？

這是我原來擔心的問題。我知道，許多判死刑等待執行的犯人，一切希望都已絕滅，應當沒有夢了。如果這樣，我只有採取另外的方法。同樣是死囚，有人的想法又不一樣，郭新祥是什麼人，我有基本的認識，用夢賺他，比較合適。話說回來，如果不用解夢的辦法進入他內心，很多隱秘無法獲知。他對纏繞他的夢意義不是一點不知道，在我們見面的短時間內，他不會扯些無關緊要的夢，他也需要了解自己，他是有選擇的，當然，選擇是無意識進行的。如果我待得時間長一些，他還會說些別的夢，這你可能就不會有興趣了。

姜教授點點頭，不再問什麼。抽了一會煙，他把筆記、錄音機收進公文包，站起來說：謝謝了，我該回去了。我坐在沙發上，目送他出去。

拉開門，他又轉身說：哦，我差點忘了，昨晚接到你要回來的電話後，晚上就做了一個夢，夢見那個殺人犯把你掐死了，你看好笑不。

我板著面孔說：這一點也不好笑！

聽了我的話，他掛在臉上的笑定在那，收不回去。

看來，我冷冷地說：你從開始就對我沒有信心！

我知道你辦法多，才求你幫忙，怎能不相信你？他極尷尬地擠出了一句話。

我被姓郭的掐死了，你的意思就是我對付不了他，一定會敗下陣來，是不是？

不是。一個夢，玩笑一樣，我可沒想那麼多。你回來後我才做的夢，我還等你的消息，能希望你對付不了他！

你以後注意，在我面前說什麼都行，千萬不要說夢，難堪可是你自找的！說到夢，有些話我不得不說，不是我討厭，是你把心裡話說出來，向我挑戰了。

姜教授雖站在門口，我仍能看到他額頭上沁出來的汗。

我不客氣地說：我這麼快就出來了，你一定能想到我把事情辦妥了。你極想得到囚犯的材料，這我不懷疑，但在你的內心，又極不願承認是我把事情辦妥了這一事實，只有在夢中，你的潛意識才活躍起來，把你最本質的想法流露無遺。這個夢，揭示了你的兩個想法，首先，你認為我對付不了那個罪犯，我的辦法不能奏效，只能空手而回。你來求我，是不得已，要你行，根本就想不到我，這是你從開始持續到現在的潛藏於內心的真實想法。你別生氣，聽我把話說完，對不對，你回去好好想想。另一個想法就更直接，你把自己當作了罪犯，你能輕而易舉地把我消滅掉，所得的材料，原本就屬於你。這種潛意識通過你的夢表露出來，不都說明你的嫉妒心理一直在作祟嗎？

姜教授無力地說：我什麼都沒想過，這都是你的臆想。是不是我的臆想，我不作解釋，順著我的思路，你冷靜地想想，看我的話在理不。我不會平白無故使你難堪。

我接著說：我再講講你為什麼會把這個使你難堪的夢「無意」地泄漏給我聽。在沒獲取材料之前，你決不會把這個夢講給我聽，你潛匿的嫉妒被極想獲得材料的意識所遮蓋。我把全部情況講完後，滿足了你的渴望，渴求得到滿足之後，原來的意識開始隱退，你已感覺到我把事情辦得比你想像的還好，這時，潛在深處的嫉妒漸漸浮了上來，撞擊你的心扉。你心中燃燒著嫉妒，如不強烈的話，你會一聲不響地出門，當嫉妒再也抑壓不住時，你必然「無意」地把這個夢說出來。當然，我承認，你並不明白這個夢所包含的意義，你不可能把你的嫉妒和夢聯繫起來，這才能使你毫無顧忌地順嘴說出來。你說，你的無意，是不是很有意義！

記住，哪怕是一個微不足道的夢，也不要在我面前說出來，今後我們才好交往。

姜教授再也說不出話，出不是，進不是，僵在門口。我閉上了眼睛，說：你出去後，請把門關好。

接著，就聽到了輕輕的關門聲。

老古

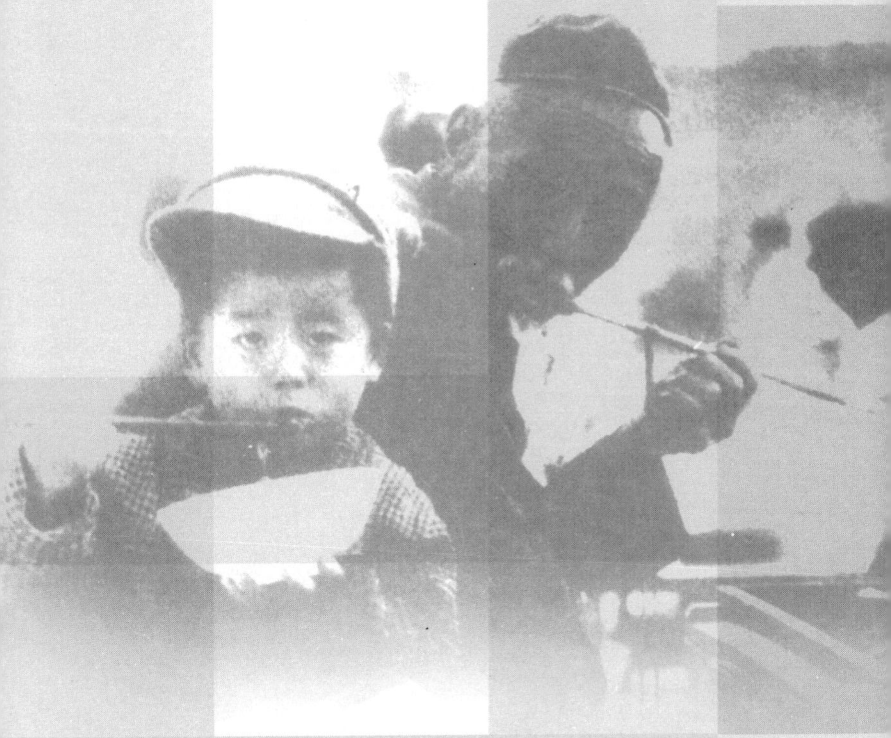

近些年來，市面的生氣比往年旺了不少，各色人等先是畏畏縮縮東張西望地舒開了自己的筋骨，然後就是走一步看一步悚悚地幹起了各自的營生。眾人當中，單表一個看相的，竟也有一段平平淡淡的奇事。從什麼時候開始，看相算命的堂而皇之穩坐街頭，已不可考，總歸是都要吃飯，人生多舛未卜的命途，給人莫測的神秘，找人看看算算說說，當是無關宏旨的精神安慰，也給另一些人造就了個邪邪歪歪的飯碗，大家相安無事。

這位看相先生姓古，五十開外年紀，紅潤面膛，留有三綹疏鬚，穿著對襟布扣青布長衫，往小凳上一坐，雖不比昔日道地命相之士更多先祖遺風，畢竟比你我常人多一分太公釣魚的機詐與沉穩。熙來攘往大街人行道樹蔭下，坐上一排看相算命測字先生，粗粗看去，甚是煞了風景。細細端詳，橫來豎往的行人，偏好扎在他們當中，雜雜亂亂吵吵嚷嚷的街景，倒也沒顯出太多的不諧。這時，正有一位婦人向老古走來，且看老古如何開口。

這位大嫂！眼觀六路耳聽八方的老古，早已看清在道邊四處張望，躑躅彷徨不能決定方向的婦人，就高聲叫她。女人循聲望望，不想會有人叫她，沒有在意。老古又叫了一聲，她才知真是叫她，以為找到個方便的問路人，也就朝老古走來。老古一雙鷹眼已看得分明，女人剛剛走近，不待她開口，便言語鑿鑿地說：這位大嫂是出來找工作的吧！看妳有些財運，要相信我，給妳指點一二，包妳求財得財，心想事成。講得對，道聲謝，講得不好，不要錢，妳走妳的路。女人看看老古，知是看相人招徠生意慣用的伎倆，本不想搭話，聽他講話蹊蹺，又有些忍不住，就把問路之事放一邊，故作老練地說：不要你看，我曉得我的命。莫跟我講吉利話，橫豎我不聽。才剛你的講話有些奇怪，何事曉得我是出來找事做？我是出來走親戚！老古眯起雙眼，不慌不忙地說：這位大嫂莫打誑言，我雙眼睛看得穿人的肚腸肺腑，要不，早被太陽曬死了！我告訴妳，妳出來做什麼，臉上帶了相！女人聽了，真的猶豫起來，想自已正無頭緒，進城就暈了頭，聽他講兩句也無妨害，索性蹲下來：倒聽你講講看。

老古悠悠燃起一支煙，又細細看了女人的五官，緩緩地說：看妳五官，鼻子長得最好，我講妳有財運，它上面現了相。妳的準頭明潤，說明妳是出來求財，我曉得妳講走親戚是誑我。妳這一官生得好，能保十年好運。女人默默神，轉口問道：看個相好多錢？老古面有喜色回道：妳信我就跟妳看，錢不錢的好說。女人說：你不講清我不要你看，我一婦道人家出門在外，兩眼一抹黑，只怕別個訛我。老古說：妳莫看不起人，出來混飯吃就講個良心，天天坐這裡看相，光天化日眾目睽睽之下，我訛妳，妳甩我嘴巴我作不得聲。女人說：好！我信你，再跟我看看。老古說：才剛講了，從妳的山根年壽準頭看下來，也就是妳的鼻子，鼻子主財帛。妳的準頭明潤——老古點著女人的鼻子尖，說明妳是出來求財，但看妳年壽上的光明氣不是太足，恐怕只能是小財。從整個面相看，老古用掌撥開女人額前的劉海：天庭不聳，地閣不方，一生的蹇滯已是命定。再看妳的眉毛，屬疏短眉，眉短黃疏有若無，生來世上聽人呼。這種眉毛使人運氣不佳，只能供人使喚，難於找到合意工作。口眼不跟妳講了，講了恐更是喪氣，我不是嚇妳，我勸妳最好是從何處來再回何處去，不要出來求財了。

女人喪氣得淚都快出來了，心中連連叫苦，神情竟自黯淡下來。老古全看在眼裡，趁機執起女人的手道：莫急，再讓我看看手相，看妳還有沒有路走。端詳了一會，老古說：妳已生了一個妹子，在她之前的那一個沒保住，再生下去還有兩個妹子。妳的婚姻好是好，就是不太牢靠，男人的壽好像不長，難得到老，現在有災病纏身，不得解脫。女人想：我怕是碰了神仙，說：你是何解看出來的？老古接口道：妳莫開口，索性聽我把妳的來意講清。妳家男人臥病在床，不得已妳才出來找事做，妳以為城裡錢好弄吧，看我一把年紀了還在曬太陽，妳一個女人家做得什麼！女人說：唉呀呀，我的心事硬被你看透，叫你一聲大伯，求你指一條路，橫豎這樣了，好歹要賺些錢回去，要不何得了！

此時老古心中的高興自不用提。剛看到女人時，心中就騰起一念頭，想誘女人入彀。老古在世上走得久了，閱人無數，竟自有些經驗，加之看相時間長了，更是老辣練達，能把人看得透徹。這女人也就三十左右年紀，粗手粗腳一望而知是農村人，粗糲淳厚中透出幾分靈氣與姿色，正能撩起老古的心癢。老古看她在十字路口徘徊茫無所措的模樣，就判定她平日極少來城裡；從她癟癟的不像裝有土產禮品的行囊，可知她不是來走親戚。在她洗得乾淨的出門衣服上，眼尖的老古早已看到少許洗不褪的淡淡的湯藥印跡，由此推想她家中有個長期服藥的病人。把這些線索串起來思索，再摻上相書有鼻子有眼的明白糊塗話，自然就把這個鄉下女人唬住。

老古說：世上的事我看得多了，妳出來做事，是逼出來的，吃得苦我曉得。城裡的事要講有好多，有些話不好跟妳講，妳的路只有由妳走去。老古繞了繞，故意不說出個究竟，急得女人直央他。老古繼上支煙，慢慢打上火，舒緩地吐出一口煙：妳真的求我，我就跟妳講。像妳這樣的人，只有三件事適合妳。說完，停下來深吸一口煙，眼睛不看女人。女人有些急，盼他開口，老古只是不講。哪三件？女人急急地催他。第一件，老古把關子賣足，才慢吞吞地說：要聽我把話講完，妳再開口，莫打岔。第一件是做保姆，現在城裡保姆正搶手，一個月有七八十塊錢的進項，做得。第二件是幹臨時工，工廠挖土方挑沙石卸車皮臨時也雇些人，收入就看力氣了，能吃苦有力氣自然能賺錢。第三件，我看妳是善良人家，不好跟妳講，怕嚇了妳。老古不說了，沉吟著看她。女人說：有什麼講什麼，我還怕你講話不成！老古說：跟別的女人我好開口，跟妳真不曉得如何講話。我有言在先，只是講講，聽了不中意就當我沒講，講不好怕別個罵我誘人為娼。女人已聽得明白，趕緊說：莫講了莫講了！老古說：不講了，我只問妳能幹什麼？女人說：前兩件都幹得。老古說：妳這位大嫂怕是第一次進城，還不曉得城裡規矩，兩件事怕妳一件也幹不成，莫急，聽我講。做保姆要有人介紹，城裡人鬼精鬼精，也有不爭氣的，趁主人上班竊了東西遠走高飛，到哪裡尋去。妳無根底，哪個敢雇妳！去做臨時工，妳又無吃飯睡覺的地方，租地方吃住要用去好多血汗錢，累死累活一月下來，到手能有幾個錢？這樣的力氣活，婦道人家硬撐怕是幹不長久。

女人待老古講完，只不做聲。老古把一切看在眼裡，也就把個無依無靠的女人品個透徹，待一支煙抽完，踩熄了煙蒂，不緊不慢地說：這些也就講講玩玩，不過要妳曉得城裡是個什麼樣子。妳相上帶了有十年財運，自然會有應驗，我這裡有一條現成的路，妳相信我，我就帶妳走，不相信我，妳走妳的路，看相的錢不要妳的，從此我們再不認得。

滿懷希冀地帶有一袋土產禮品的女人來到城裡遠方親戚家，親戚假惺惺的熱情在收過禮品之後就蕩然無存，又是房子窄小孩子要讀書沒有門路幫忙找工作一堆的藉口擋住了女人的嘮叨。吃過中飯，親戚說都要上班，等著鎖門的急迫樣子，女人只好來到了街上。進不是退不是時正好遇上了老古，眼前的看相先生竟成了落水後不能放手的救命圈圈，女人不由得浮上一絲莫名的欣慰。

知道時機成熟的老古，再不躲閃，直截了當的把意圖說出來：妳不嫌棄，到我屋裡吃飯去。天天在街上看相，回去吃不上一口熱飯，日子過得不是滋味。有個女兒出嫁了，就我一人吃住，妳給我做飯，吃我的，每月給妳一百塊錢，日不曬雨不淋的就三頓飯，妳看做得做不得？妳放心，歪的邪的不敢想，就是想吃一口熱飯，講句老實話，不是看妳老實，也不得喊妳，城裡沒工作的妹子有得是，我還看不上！女人沉吟了好久，說：你不怕我拿了你的東西遠走高飛？老古哈哈一笑：妳飛到哪裡去？妳飛到哪裡我也找得到妳，信不信，這點本事都沒有，還敢在外面混！

憑三寸不爛之舌，老古真的把這個叫素雲的農村女人帶到了屋裡。老古已鰥居了多年，早就想找一女人陪他吃住，說是只讓素雲搞飯搞菜，進了屋門哪還能講得清！既然能把素雲這樣的陌生女子從街上帶進屋裡，再把她帶上床鋪，想必不用老古再費好大的精神。

自此，素雲儼然成了老古家中一員，鄰里們好長一段時間不見老古出去賺錢，足足實實在家過了一段舒心日子。素雲間常回去一趟，留下老古那得的錢，不敢多住，仍得牽腸掛肚回來。老古雖是寬容，究竟是花了錢的，不容她把心長久掛在家裡。家中丈夫得了些活錢，好不了死不成的把慢病將就養著，帶個女兒糊塗過自己的日子。素雲在城裡住得久了，見多了為生計勞苦奔波的人們，想想自己還算安穩，心自漸漸定了，疙疙瘩瘩的日子也就一天天過去。

其實老古青春年少時也是一條漢子，只因一生的路走得顛簸，最後落得個街頭看相混飯的結局。三十多年前，他十七八歲就當了兵，到過朝鮮，卻未打過仗，跟了一位大首長當警衛員，復員後進城當了工人，一九六〇年，上級號召給領導提意見，血氣方剛的漢子，眼裡容不得沙子，不留情面地檢舉了廠長姦淫婦女的勾當。事情張揚後，上級來人調查，他是親眼見的，自然氣壯。去辦公室辦事時，見著兩個扭在一起的身子，下面不情願的女人還喊了：小古救命！當時不敢講，吞在肚裡，上面認真起來，也就不怕，時間地點動作講得清楚。尷尬的最後倒成了老古，他指證的兩人死不承認，那女的反罵他誣人清白，又無旁證，事情就不了了之。這之後，正好趕上工廠下馬，大批的人員要下放，他順理成章成了下放的一員。

家中雙親已故，又無兄弟，姐妹們遠嫁了，不遠不近的親戚自顧不暇，少有顧持他的，孤零零的日子由他獨自捱著。鄉村此時早已成立人民公社，天天出集體工，白日裡還算好混，只是想想往事，氣躁得心緒不能平靜。氣躁歸氣躁，畢竟無力回天，從此把酒當作了朋友，沉醉昏睡不覺有愁。老古自小不諳農事，生產隊做事常有不公，又無親朋戚友護持，越混越不是味，看剃頭補鍋挑擔買賣之人走村串戶散漫自由，遂動了耍手藝的念頭，把手頭的積蓄買了一擔爆米花的舊挑子，開始了半流郎的手藝生涯。到人家莊子「嘭」的一聲巨響，就能引來眾多孩子，只是鄉下女人毫釐計較得精細，一毛兩毛的小錢亦難得摳出。碰到難纏的女人，老古也不認真要價，怕冷了生意，短不了吃些虧，一年下來就只掙個吃食，無有多的積蓄。好在日子過得散漫自在，無拘無束的心情順暢，也就一年年做了下來。

那天，下起了大雨，老古挑著擔子，正無頭無腦在雨中闖。出林子不久，雨就下來，再回頭已是不願，乾脆懵頭往前走。擔中的爐火早已澆滅，身上衣裳已是精濕滴水，只不見有歇腳躲雨的去處。走了不知多久，才見一茅舍，趕緊去草檐下躲了。已是深秋，一層風雨一層涼，老古喉嚨鼻子中的粘液放肆湧了出來，一次一次清理不淨。外面一聲聲的響動，引動了茅屋中人，啟扉來看，見是一漢子縮在地上，趕緊招呼了進屋。屋內只有老頭老太兩個孤老，見陌生漢子臉凍得烏青，忙忙攏起一爐火來，讓他烤了。老太婆就火熬了一碗薑湯，見他暖暖地喝下，換了老頭補丁衣服穿了。到晚，老古仍寒顫得不能走路，兩老人扶他去床上睡下，自去屋後抱幾捆稻草，打地鋪和衣睡下。老古久不得病，自持身體強壯，不想這一病，竟在床上輾轉半月。兩老人延請郎中看了，抓幾劑湯藥，慢慢將養得病好。能起來活動之後，老古自是感激不盡，身上衣裳口中食的，無以表達心意，想：孤單一人覓食，自在歸自在，終不能一口熱飯到嘴，況且年紀漸長，亦想有個家。打聽得老兩口無兒無女，平日柴米也難得到手，煞是可憐，眼下的病還虧得老人相救。這一病，病了個明白，就認了老人作父母，老人自是高興，一家三口，熱熱鬧鬧像一個家。後來老人又將自己十八歲的姪女介紹給了老古，老古無有不願意的道理，高高興興成了親。以後連添兩個女兒，兩位老人年事日高，病痛增多，小兩口苦掙苦熬，日子的艱難漸自一天天顯明。

這期間聽說工廠又開始要人，下放回來的，又回到原來工廠。老古總以為會有信給他，終無音訊。去了一趟工廠，也問不出頭緒，誰也不敢作主要他。急難時，忽然想起過去的老首長，在廣播裡聽過他的名字，已在政府裡當了大官兒。老古咬牙借了些盤纏去了北京，好容易找到老首長。老首長見是過去的小警衛員來了，高興熱情地安排了吃住，又著人陪了玩風景，只是聽了他的要求，臉就沉了下來，說事不好辦，不能插手地方事務，最後也只答應寫封信試試。老古雖不滿意，終也無法，接了首長買的票，坐火車回來。

回來不久，就接到工廠的通知，要他回去工作，老古才知不露聲色的首長到底為自己盡了力，樂顛顛地捲鋪蓋去了。老古嫌過去當水泵工的工資不高，糧食定量又低，試著提出換換工種，管勞資的同志爽快地答應了，不說半句囉嗦話。顛倒想了一夜，還是覺得幹電焊工好，電焊工雖要學徒，但把以前工作的時間算上，該是三級工，工資可拿到四十四元四角，工作不太累還在其次，每月有四十五斤糧食定量，每日幹活不幹活均有兩角錢的保健費，節省點，正夠一天的菜金。一年兩身工作服，皮鞋膠鞋都發，不像水泵工兩年才一身工作服。算計停當，定下心來，老古當了電焊工。

進入城市，雖精細盤算每日用度，日子過得並不如當年單身時愜意。甚至不去食堂買一角七分一斤的飯票，寧願去糧店買了一角五分一的米來，上班時用廠裡的爐子蒸了帶去食堂。抽煙也是最便宜的八分一包的經濟煙，連喝了多年的酒也戒了，一分一釐的從口中省下，寄回家去。城市不比鄉下，忍不住的，看見好看便宜的零頭布尾，也為妻女扯幾尺，晚上無事看場電影，開葷抽包好煙喝口香茶也是有的。來個鄉鄰來個朋友，便飯也須請一頓，雖分文計較著用，從指縫中畢竟漏出些錢鈔。

家中自他走後更是不濟，老古女人一人掙工分，要從生產隊把五人一年口糧掙回來，實在不易，就是強壯男勞力背有如此負擔亦是不堪。兩孤老自從收了老古為兒子，不再享受生產隊的「五保」，老古每月寄回的二三十塊錢，除了添置必要的衣褲，買些油鹽醬醋，下剩的全買了工分，日子只能將就過去。

不表兩頭緊緊過日子，單道老古遠離妻兒的孤單日子。老古正當壯年，一年探家時間只有十二天，妻子來廠也不能耽擱太久，由此而生出些故事來。探家時，老古身心均不得休閒，望著老老小小破破爛爛的一堆人一堆東西，煩心的事總操忙不完，故不想常回，眼不見，圖得一時清靜。妻子來廠，倒也愉快，雖不能學時下年輕人攜手去公園遊逛，說情說愛，與妻子結伴上街遛遛也覺愜意。只是晚上睡覺不能暢意，才是煩心。單身職工宿舍是個大房間，住有十多名與老古同樣的漢子，原有的家屬探親房間，均被結婚後無房住的雙職工占住，家屬來了，再不能講究。寒冬臘月老古床上也吊有帳子，其餘的漢子亦如此，也就為了家鄉女人來了，一同鑽入帳內，有個遮擋。十多條漢子，脾性不同，朝夕聲息相覷，少不得有些齟齬，加之有睡得早的，有睡得晚的，有半夜起來上班，有半夜下班回來的，打撲克下象棋看書唱戲罵架洗衣講話，沸沸揚揚煞是熱鬧，上半夜的燈根本不熄。就是下半夜，能保人人睡得死！雖有蚊帳遮擋，久不挨女人，自是有些情急，等不得夜深，也就行了好事。就是遮得了身影，也擋不了聲音，床架床板的響動，鬧得滿屋都清醒。好在大家亦習慣了，你家來了女人我家來了女人，一樣，亦不見怪。齟齬的在這事上倒也寬容，無有半句屁話。親密的少不得開一句半句連葷帶素的玩笑，逗大家一樂，圖個嘴巴耳朵痛快。響動得厲害時，一句：明天要多撒幾粒老鼠藥，好大的老鼠！惹得滿屋子哈哈大笑，大家都睡不著。帳內的自然臉紅，不敢大動，想熄大家的火，也就不暢。碰到年輕興高情深意急的，顧不了那多，一夜大動數次，第二天清早，漢子和女人必定成為大家一天專注的笑料。

一年三百多天，與自己女人在一起的日子究竟有限，其餘的日子就難打發了。好在老古有門手藝，焊個爐子焊個鐵門不費勁，附近菜農家中的妹子有愛貪便宜的，老古常日好去菜農家串門聊天，誇誇其談吹一頓牛，少不得有些女人要他從廠裡焊些家什拿出來，老古自然答應。廠裡東西有的是，管理又亂，門衛不嚴，做點手腳實在不難。老古平日不吝力氣愛幫忙，上上下下盡是熟人，焊了家什能輕易到得女人家裡，女人見了能不高興！一來二去的，受恩惠多的女人由感激而獻身，也在常理之中，解了老古不挨女人的飢渴。只是老古精明得很，為女人幫忙效力均可，但絕不掏腰包，每月四十多元工資本已有限，不敢有額外的支出。好在菜農家中的妹子媳婦還算單純，情濃時的表示不過一雙兩雙尼龍襪子幾條花手帕而已，雙方都滿意高興。與女人作事時，斷不能帶回宿舍，怕與自己不相調口的暗裡告訴領導，張揚出去顏面不好看。去女人家中，礙人礙眼又有諸多不便，更多的只能趁夜在外野合。時間長了，老古想不是頭，留心在廠內尋了廢棄的磚瓦回來，覓一塊隙地，找幾個朋友相幫，搭起個簡易棚子，把簡單鋪蓋搬進去，算是安了個窩。以後老婆來了，方便；老婆不在，別的女人來了，方便。

這期間，兩位老人相繼去世，老古盡孝子禮義操辦了。本不想鋪張，無奈鄉村禮節繁多，苦慣了的鄉鄰平日難得開一次葷腥，趁便少不得要吃一頓。為臉面為情義，老古不皺眉，借錢欠帳把白喜事辦得盡可能鮮亮，堵了大家的嘴。老人離世去得乾淨，理遍了家私，竟不留半點財物，只幾本《麻衣相法》、《玄關》、《相理衡真》之類的相書，老古不願丟棄，留著也是對老人的一點念想。老頭年輕時以看相謀生，一聲喊是封建迷信，就從此縮了頭。閒暇時忍不住在家愛把老話翻講，老古似聽非聽，多少記住了些機關和玄妙，不想這一契機倒奠定了以後老古看相賺錢的根基。

平日老古用最省的工資度日，還帳的錢無非從寄往家中的錢內扣除，日子仍如往日逍遙。苦的是那邊的老婆孩子，雖少了兩張嘴，也少了兩雙做事的搭手。女人白天去生產隊田裡掙工分，回來須得餵豬餵鴨餵雞打柴做飯帶人，昏天黑地的操忙，再難得有時間和閒心去城裡探親。有次女兒重病，公社衛生院不敢診治，要老古女人趕快送城裡醫院。把家裡豬雞鴨和一個女兒託鄰居照看了，老古女人帶女兒坐車趕去城裡，到傍晚趕到老古住處，用鑰匙打開房門，見被窩裡拱出兩個腦袋，禿頂的是老古，長髮的是不認識的野女人。燈光裡，兩下好不尷尬。老古打發了被窩裡的女人，顧不了自己女人的哭鬧，抱重病的女兒去了醫院。女人的哭鬧只如天邊的浮雲，女兒病好，女人也好了。想：平日依靠男人吃飯，不敢深裡得罪，常日日曬雨淋終日操勞，早失去了往日的模樣，遠不敵老古被窩內的城裡女人，鬧緊了，男人動了真火，起了離婚的思想，不好收拾。也早有老古愛摘嫩菜心吃的念頭，真的見了真，悲苦歸悲苦，無處倒苦水，只往肚中咽了，又和女兒回去，含辛茹苦打發時日。自此老古也留心，將心比心度女人，長年孤身在家，不近男人身子，恐怕也打熬不過。連年品了好多女人，都是些水骨柔腸性兒，哪能離了男人？自己女人在家難免不打野食。找理由不告信突然回家幾次，倒也平安無事，心自漸漸鬆了。只一次，寫信回家說要回，想不到人比信快，到家時，白日裡大門也閂著，叫了好久女人才開門，老古進門不費勁就從床底揪了個後生出來，一棍打出了門外，又一頓棍棒把女人打個半死，哭爹喊娘討了告饒才歇手。老古家的熱鬧早驚動了鄰里，張著耳朵在屋外收聽，無一人上來勸的。平日鄰里相幫搭手做事可以，牽扯了是非，少有人張口。也有多事的，背後和老古嘀咕：好久了，不敢講，今日闖見了，見了真才講得。是要打，打怕了騷貨，看她下回再敢！

老古女人年紀已在三十二三，體力一日不如一日，兩個女兒在家洗涮操持還可以，外面的重活就得找人幫忙。常幫忙的是個三十掛零的後生，人熱情，手腳又快，憫她們母女辛勞，忙時累時，叫與不叫，總愛幫一手，又知冷知熱，時間一長，就與女人有了一手。事情敗露，女人名聲大臭，老古藉機會提出離婚。女人哭哭鬧鬧拖了好久，老古不依不饒態度鐵硬。老古大女兒也罵娘不乾不淨不是東西，女人終敵不過輿論的壓力，同意離婚，帶了小女兒回了娘家。老古帶大女兒進了城，四處託人把女兒戶口遷進了城市，吃上了國家糧。獨自帶女兒生活，算算一月的用度，稍有節餘，老古頓覺一身輕鬆，猶似綁縛多年的繩索，頃刻鬆脫了一般，通體舒泰。老古又花些力氣，把那間簡易棚子翻蓋成了兩間，父女各住一間，置買了一件兩件緊要的家具，在簡陋的房中轉身看看，畢竟有了家的模樣。高興時，老古炒上兩個菜，獨自喝上幾杯，愜意的日子從未讓他這麼高興過。又過了幾年，老古已近知天命之年，這其間也曾想娶個城裡女人進門，卻一直不能如願。城裡女人沒有不比老古精明的，拖兒帶女工資不高的半老頭子，誰要！與老古相交往的那些女人，做做露水夫妻還無礙，真要一起過日子，老古還不配。

這天下班，老古回來，剛要開門，從屋角躥出個提刀的女人，也不言語，跳到老古面前，揮刀就砍。老古住的這塊隙地，近年都由無房子住的老少工人們，蓋起了一間間簡陋的矮屋，雖是大白天，雜亂無序的房屋間隙，躲藏個把人也無人看見。老古無一絲防備，眼見女人的刀就要落在頭上，躲閃已是不及，本能地用右臂去護。女人的刀重重地砍在老古的小臂上，鮮血噴濺出來。女人仍不甘心，舉刀又砍，老古顧不了疼痛，回身就跑，邊跑邊喊：殺人了，殺人了！驚動了許多人，都出來看，見女人瘋一般追老古，都愣在屋腳邊，無人敢上前。女人追一陣，終不如逃命的快，看看追不上，揚手丟了菜刀，收斂了凶惡，若無其事地轉回家去。挨了刀血淋淋的老古被看熱鬧的人扶了去醫院。有認識女人的說她是瘋子，一時明白一時糊塗今天又發了神經。工廠保衛人員也來看了，調查來調查去，也當精神病人亂砍人，除嚴誡瘋子家人嚴格管束外，奈她無何，任她仍去瘋顛。只老古眼巴巴吃了啞巴虧。

其實老古並不冤枉，瘋子不砍別人只尋老古，其中自有蹊蹺，老古心中最為清楚。女瘋子是周遭的菜農，見過她的人都知她瘋顛的情勢，從不當回事。砍了人，大家都懼怕起來，唯願她受個制裁免得再傷別人，但無人說得清她砍人時是明白是糊塗，加之老古也不出來深究，事情就慢慢過去。這個女人年輕時，原與老古姘過一段，不料露出些許破綻，被她男人捉住把柄，狠鬧過幾場。從此男人不太理她。平日心眼窄小的女人沉悶了幾個月不說話，一口痰上不來，一時明白一時糊塗的竟鬧起精神病來。外人只當是他們夫妻不合所致，只老古心中透亮，遠遠地躲了，不再見她。雖此次吃了大虧，但醫藥費由公家報銷，也不想去深究，只願事情快些過去，免得勾起往日的緋聞。顛倒想來不能明白的，事情過去那麼多年，不曉得她那根筋起了痙攣，把仇恨傾在了老古身上。

傷口愈合後，整個胳膊萎縮了，竟成了個廢的。老古握焊槍用了這麼多年右手，換左手試試，總不從心。不能幹活，整個人也就成了廢的一般，上班幹些被人瞧不起的雜活，年紀雖然一把，倒被年輕的同事呼來喚去的，憋在心中的氣，消也消不去。盤算來盤算去，不如退休。女兒眼見已滿十九，在農村艱苦長大，有口飽飯吃就不錯，談不上受多少教育，到城市來讀中學，哪比得那些聰明伶俐的伢子妹子，高中考不上就輟學了。老古為她在工廠找了個冬天送開水夏天做冰棒的臨時工作，一月得幾十元錢，糊了她的口。近幾年工廠顯出了些生氣，職工的收入有所增加，依老古想法，熬了一輩子，剛有個盼頭，多幹幾年，手頭積蓄多些，到老也安穩。只是屋裡女兒站起來比他高，不能有個安穩職業，低賤的臨時工作對象都找不到，女兒的吵鬧總使老古煩心。找個稍好的固定工作比登天還難，照老古能耐，想也別想。只有讓女兒頂替了自己的工作，提早退休，工資上吃些虧算了，遂辦了退休手續，讓女兒頂了自己的職。

退休後，老古的心不閒，看平日不起眼的一些人東闖西鬧的竟發了財，早就眼熱。思量著也去做生意，便拿出平日嘴裡摳出的兩千元，去廣州販了時髦衣服回來賣。想不到真還有點運氣，一個月後，衣服全部脫手，淨賺參佰多元。看到賺錢容易，把個老古喜得連喊早點退休就好了，搞不好已發了大財。下次再帶了本錢去廣州，下了火車還沒出站，就發現衣服被劃了，裡面的兩千多元全部被扒了。冷汗直流的老古趕忙報了案，報也白報，哪有找得回的。好在內衣口袋中還有百把塊錢，要不，家都回不了。這一虧，虧得老古透心涼，從此斷了做生意的念頭。

雖死了做生意念頭，不死發財的念想，盤算還是做無本生意穩妥。冥思苦想幾月，想不出什麼適合自己，一次翻箱櫃，翻出老人留下的相書，心中豁然一亮，突然明白做看相先生再合適不過了。老古在世上走了幾十年，一生都在底層掙扎，見多了冷暖炎涼滄桑，旁觀人世沉浮，閱人閱世自有幾分見地。實實在在花半年時間把相書爛熟地讀了幾遍，書中的相理相法全進了心底，心竅竟與過去大不相同。加之過去老人在時似懂非懂地聽他講過一些江湖秘法相理訣要和看相實例，胸中的線索明朗清晰起來。一把年紀學看相，記憶自然跟不上，一想到靠它賺錢改善境遇，老古腦子能不鮮亮！看《玄關》中諸如：父親問子必有險，子來問親親必殃；老婦再嫁諒必家貧子不孝；兒衣齊整有良妻，老父奔波無好子之類世事洞明的命相之士的江湖秘訣，不用推敲，就與本心十分契合，自然不用大動心思去死記。又去人家相攤邊蹲了，觀察人家如何看相，揣摩如何開口如何應變，明白看相也不完全因命相之士的聰慧而切中求相之人心理，而多因求相之人偏於輕信而輕易露了自己馬腳。去街邊僻靜少人處小試幾次，均無大的差錯，哄得人家高興掏錢，遂就蓄了鬍留了髮，裝一點半點仙風道骨，篤定心性做看相生意，一日也有二三十元進項。老古雖有幾分機詐，但自持還沒學得十分油滑奸詐，仍留有幾分耿直在胸間。反正看相只賺人錢財，不傷天害理，世上大騙子小騙子觸目皆是，天大的歹事也敢幹，究也不遭天譴雷打，哄人高興騙點小錢，不怕五雷轟頂，心安理得做得。自從賺得素雲進屋，老古牢牢拴了她的身子，使她難有脫離羈絆的機緣。好在她生性柔順，靠定了老古得些方便，雖無長久打算，終究是眼下療救家人困難的唯一方劑。不去多想，兩下就相安無事，真的如一家人般，平平淡淡地過日子。

後來，工廠蓋了些房子，因老古參加過朝鮮戰爭，也算老資格，就分得了兩間房子。老古家對面住了車間主任老劉，老劉原是車間黨的書記，前幾年書記眼見著不吃香，老劉尋機會由公家出錢去大學進修兩年，拿了個大專文憑。回來後，正趕上工廠大換班，原來的主任因沒有文憑改當了書記，老劉就當了主任，仍舊掌了車間的大權。權大的老劉，比過去更趾高氣揚，講話辦事，令人生畏。老劉家有個七十多歲的老父親，全家人都嫌他，飯也不給吃飽，老頭常來老古家閒坐，把胸中的怨氣向老古傾倒，老古同情老頭，常留他在家吃飯。老劉生怕老古把話傳出去，壞了自己名聲，又知老古脾氣倔，惹惱了不好收拾，表面不難為老古，只把老父親管束得更嚴，輕易不讓他出門。可憐老頭著實為兒子媳婦著想，再不敢到外面倒苦水，成天在家枯坐。

老頭牙口不好，好吃豆腐，媳婦就是不買。那一日，老頭上街買了兩片豆腐回家，媳婦下班回來見了，跳著腳罵：我們都不吃，就你老不死的糟蹋東西，把錢不當錢！老頭回了句：又沒幾個錢。老劉老婆氣更上來：你個老東西又不掙錢，口氣還不小，不是我們的血汗你吃屁去！罵完，氣猶不解，一時發狠用手掌托起豆腐死命敷在老人臉上：吃，我要你吃，要你吃個夠！兩片豆腐被揉進老頭嘴裡鼻裡眼裡，揉得老頭老淚縱橫，兒子孫子孫女均在場，沒有上來勸的。老頭想想沒意思，遂絕滅了生的念頭，狼狽地去自己住的黑屋中坐了，一家人吃飯時，也無人叫他。待他們上班上學走後，老頭大哭一場，一索子吊死在門框上。

為堵外人的嘴，老劉熱熱鬧鬧辦喪事，也有畏懼老劉權勢來弔的。唯有老古氣不過，掇條長凳坐在喪棚前破口大罵，見人就訴說老頭可憐的一生，攪得老劉的喪事不能善終。也有敢出頭說公道話的，老劉夫妻不得不低頭做了幾天假人。不依不饒的老古還四處去告他，見了老劉夫妻也狼心狗肺豬狗不如地當面唾罵，竟把老劉罵怕了，見了就躲。老劉顏面掛不住，總想找碴整治他。老古不畏懼，自己拈花惹草反正大家都知，又是雙方自願，不來強的，腰板不軟；看相賺錢也不犯法，把柄不怕老劉去抓。老劉一時還真奈他無何，只與行政科長串通好，以大房子作誘惑，賺老古搬家，老古偏要作老劉眼中釘，犟著不搬。老劉無法，只得自己搬了出去。

那年除夕，聽外面鞭炮響得奇怪，過年的鐘聲未響，不到放鞭炮的時刻，而且鞭炮響得短促，無有喜慶氣氛。開了門見著走道上遺著個布包，湊近了看，老古嚇一跳，竟是個嬰孩。老古拾撿起包裹，奔下樓梯，外面漆黑一團，哪有人影！遂明白這孩子是專送與自己。想想心中直跳，趕緊轉回房間，急急打開包裹嬰孩的舊棉被，顧不了顯露出來的紙條及兩張拾元的鈔票，真真看清了嬰孩腹下的雞雞，用手摸著實在，才鬆了口氣。包上嬰孩，才細看紙條上的字，上面歪歪斜斜地寫著：「好心有好報，男孩送吉人。」後面無落款，只注明了男嬰的生辰日月，竟是當天。納悶的老古再打開包布，剛才只注意看孩子的那條根，別的全無顧及，再看時，連連叫苦，嬰孩的臍帶仍盤在肚臍上，老古肚中連連罵那狼心狗肺狠心的爹娘。與身邊的素雲商量，素雲慌亂得無有計策。老古喚她快去燒水，拿出家用的剪刀，攏起一堆明火，去淨水裡洗乾淨了剪刀，把剪刀放明火上燒烤。拿定剪刀，老古也有些心慌，怕有差錯害了一條性命，事到臨頭，不能再有顧忌，狠狠心，剪腸子般把臍帶剪了。抽屜中找出包消炎粉，撒在臍帶周圍，用塊乾淨白布包了，把心放下。不想，第二天，嬰孩熱得燙人，老古知道事情不妙，抱去醫院看了，高燒已到四十多度，老古怕孩子小命敗在自己手上，不吝錢財任醫院用好藥救治。孩子倒也命大，將養些時日竟也好了，老古已用去幾百元錢，有些肉痛，想想救了一條性命，也就坦然了。

抱孩子去派出所報戶口，派出所同志左問右問孩子來歷，平時也知老古拈花惹草的，怕是他作孽遺的野種，只把他的話不當真，任老古如何說做善事，也不相信。老古氣不過，抱孩子轉身時，狠狠丟下一句：老子的女兒頂了老子的職，才有工作：老子撿的就是老子的崽，怕硬是要老子死了，才要老子的崽頂了老子的戶口！氣咻咻地回來，飯也不吃，相也不去看，把素雲喚來打商量：我這一世就缺崽，現在有了。以後妳在屋裡專心幫我帶崽，少回幾次要得不？素雲說：要是要得，只是多年沒帶過嫩毛毛，怕手腳重了輕了，你看不過眼，又要罵人。老古說：由妳去搞，我沒得話講，信不過妳信哪個！素雲說：又要做飯又要帶人，怕做手腳不贏，你進門就要端碗吃飯，吃不上莫怪我。老古說：都好講，只要把毛毛帶好，我不怪妳。素雲又說：你要我莫回去，怕難得做到，把你的崽帶好了，我一屋裡人怕會死絕去，你好狠心！繞來繞去，老古聽了個明白，硬要出點血，要不事辦不撫。於是爽快地道：我不虧妳，再把錢妳，妳看要多少？素雲沉吟一會，說：話是你講的，你看著辦。老古說：五十，要得不？素雲說：向來你沒把過零錢我，問你要，要看你臉色，這點錢算把我零用，回去的錢還沒得！老古討厭她胃口一日日大了，又怕冷了她的心，誤了自己的事，後退一步說：我不跟妳多講，一個月總共把妳一百八十塊，但有個條件，妳可以把錢寄回去，不用一個月回去幾次，寄費算我的。我的崽離不得人，妳看要得就定下來，要不得我就上街再去找人。素雲聽老古講得絕了，不讓步恐他真的做出來，畢竟每月多出八十元收入，比過去活動多了，覺不吃虧，就答應下來。自此，老古仍去街頭看相，素雲在家帶人做飯，不敢誤老古的事。

鄰居也有多嘴的，老古撿孩子的事早就傳了出去。這天，來了個漢子，敲門找老古。老古問他做什麼，他說有話屋裡講。把他讓進來，他直截了當地講要出錢買老古的孩子。老古一聽，就要搡那漢子出去，漢子說：聽我把話講完，我開五千元的價，你看要得不，反正你沒花一分錢，要不得再加點。老古聲音鏗然地說：你開十萬我也不賣，賣了他就是賣了我的良心，會五雷轟頂不得好死。漢子笑道：你坐在街上騙人怕不記得良心了吧，沒幹過缺德的事？怕不會比我好到哪裡去！老古脾氣來了：什麼，老子缺德！再缺德不缺這個德，看相算命信不信由你，老子缺什麼德！老子不傷天害理，不明搶暗盜，你跟老子滾出去，滾！你不滾老子就動手！硬把那漢子趔趄著搡了出去。

到了老古的崽會講話的時候，老古天天逗他學喊爸爸，孩子一聲聲叫得親切，老古心裡的甜哪，那個甜，簡直無法形容。

有天，老古抱了自己的崽在外面轉，碰了個極熟的朋友，站住打講。朋友勸他：你也是老不清白，手裡的崽何年能大，大了你也要入土了，你還想享他的福？老古不生氣，老實解釋：你不曉得，我最怕聽人罵絕戶，聽了真要去吊頸。現在老子有崽了，哪個還敢再罵！我不死得早，他就是我的崽，要幫我養老送終；我死得早，怪我沒福份，我的崽把我的女去做崽，外孫伢子也要姓我的姓，總有人接我的代！朋友笑著說：你把崽看得那麼要緊，怕是自己作的孽吧，不是親生的，硬有那麼親！老古一臉嚴肅地說：老實講把你聽，我現在哪還有那工，沒得工夫搞那事了。朋友打趣道：那你的工哪去了？老古仍正經回答：我要去賺錢，一天二三十塊，哪還有比它更好的事！錢比命親。再講，我屋裡有，還要到外面打野食？我們一把年紀，有那心，也沒那力了，你不懂？朋友哈哈大笑，不由得不信了。又打趣道：你屋裡的還賢慧吧，什麼時候吃你們的喜酒？唉，莫開玩笑，老古說，用時髦話講，我們是朋友，用我的話講，是臨時的，圖一時快樂，不得長久。我曉得她的心，不是看中我的票子，早就走人了。老古越說越來勁：不是我吹牛，我的一世就比你好過哪，雖不像你討得個稱心堂客，有個善始善終，但我女人沒少睡，你又睡過幾個！現在又有了崽，不空來人世，哪一天眼一閉腳一蹬，也走得了！朋友道：眼一閉，腳一蹬，崽不是崽，孫不是孫，哪個記得你！老古不想朋友堵他，把一世的信念打個稀爛，尷尬地笑笑：人一世，草一秋，哪個不一樣。朋友道：莫講，莫講，再講人就沒一點意思。朋友走了人，老古抱了崽在風中站著想：不記得也是我的崽。有意思就是沒意思，沒意思就是有意思，哪個講得清！

媚術

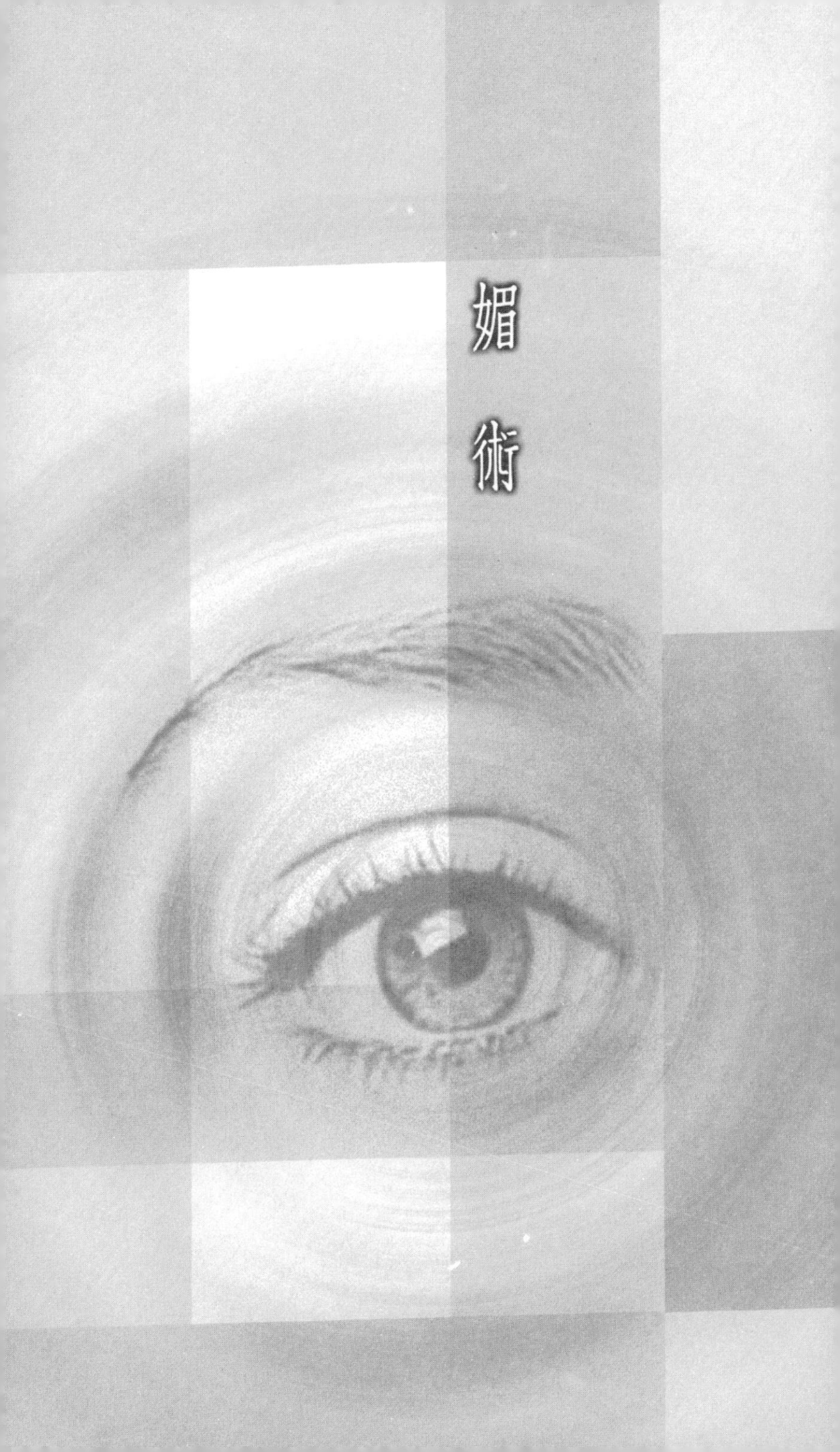

頭纏一丈五尺縐綢首巾，肩挎匣藏駁殼手槍的齊艮松，踅進通往香蘭軒的窄巷，已是昏暮時分。

渾黃的落日貼未水河盡頭猥顫地懸著，夾岸的黛色山峰，在悄然籠來的晚霧中漸漸隱去。河面粼粼的餘暉，不能抵擋夜的浸染，清涼的河水浸熄日光的一刻，泊有百十條木商船的未水河落幕般沉寂了去。

粗手赤腳的駕船佬，散進河岸干欄中幾家不掛牌的娼家，在熟悉和不熟悉的私娼床上撒野；阮囊飽滿運土產下去，販洋貨上來的商家，亦覓到笙歌經夜不絕的香蘭軒，消乏鼓脹的錢袋，討一夜的歡愉。

萬千年的未水河無聲無息向東流去，河岸苗人聚居的泰永鎮，日落日升老去它平淡無彩的一個個日子。

泰永鎮團防局有兩千雜色人槍的團總齊朋翁的大公子齊艮松，極少橫在別的女人床上，名叫疊彩的女人不是香蘭軒最艷麗的娼家，只因她是山外的漢人，見過世面，有些手段，齊艮松才喜鑽風情萬種疊彩的麻紗帳。

褪去縐綢頭帕，匣中摸出不離身的手槍塞枕下，疊彩已脫盡衣服向他。艮松掀錦被查看床單上的污漬，罵：又接了人，狗改不了吃屎！疊彩氣亦不短，擂他一拳：不吃人吃屁，你又不來！艮松去青布長褂中摸一封銀元「嘩啦啦」滾一地；老子虧妳！待疊彩彎腰去撿，艮松抱後腰把她攢床上。

艮松家中的女人是未水河上游擁有十幾條杉木商船，幾百畝良田，幾家油坊米坊的賀家女兒。自小長在閨閣中的苗家姑娘閨幃之事懂得極少，又羞澀拘泥不肯進步，娶親半年艮松就了無情趣。後來生了兒子，女人把心專在崽娃身上，更看淡了床幃。齊朋翁家規極嚴，不到四十不准艮松納妾，艮松哪能不戀疊彩的野和騷。

十五歲時，疊彩被馮道士買去作採陰補陽的鼎器。被馮道士買作鼎器的還有幾位姑娘，不過骨節粗大，髮黃目暗不得道士歡心。疊彩生得眼目黑白分明，體柔骨軟，聲音和調，肌膚細滑，道士一夜御她幾次，當她作上好的丹藥鼎器。

只可惜馮道士求仙心切，功力上差了些，緊要關頭把守不住，一次次丟了出來。一年兩年下來，精氣不得長進，倒精髓枯竭顯出衰微之象，只道是陰水滅了陽火，又道是常御疊彩，陰氣轉弱不得補益，遂把疊彩賣至香蘭軒作了娼女。

為娼之後，疊彩不再是懵然不懂的妊女，遇著不吝錢財的可心嫖客，把道士處習來的採戰術發揮，調氣息，合陰陽，輕攏慢捻，曲意奉承，操練九淺一深之法。

搭上艮松後，兩人鰾膠般粘住扯脫不開，龍宛轉、蠶纏綿、鴛鴦合、翡翠交三十幾式試個罄盡。疊彩如熟知掌紋般熟悉水道的船佬，把招招式式習練得嫻爛，並有獨到的會心，情興又來得快，每次下來，艮松自是舒坦暢快至極。

得手了！五媽待你如何？仰躺著撫著艮松的頭，早在喉間翻滾的幾句話，忍不住，疊彩作酸地問。

艮松鬆了吮著乳頭的口，埋在她乳間含糊地答：妖道的術數不靈，妳耍我！疊彩鼻子哼哼：哪能不靈？怕你心不誠。什麼狐狸精尋了，想你小媽，不怕你爹那根槍！

與疊彩顛倒騰挪那陣，艮松腦中幻化的全是五媽形象，滾在身上的是五媽肉體。興頭過去，疊彩不提，五媽早已隱去，此時，五媽又懸在艮松心頭。

五媽被齊朋翁用一千塊大洋，三擔煙土從長沙討來的那一天，艮松就上了心。父親和五媽成親的那晚，艮松推說值班，在他爹窗下徘徊半夜，留心收聽屋內動靜，過了一個難捱的夜晚。

艮松心事早被疊彩探知，作酸作醋取笑他幾月，見他終日懨懨，明曉寵心遲早一天會走，踟躕間，還是為他設個計策，告他從馮道士那討來的辦法，用媚術賺五媽。

那月的子日，艮松按疊彩說的，用桃木作了五媽人形，濃墨寫了「韋珍珍」三字，安放在五媽去的廁所房頂縫中。轉眼一月過去，五媽依舊看蟋蟀打架螞蟻搬家，觀花喝茶打麻將，絲毫不見影響。

其實，疊彩已討來幾個方法。早聽馮道士吹噓能用術數媚人，對他的邪道，疊彩能不知曉？故不全信。只為冤家艮松，去深山覓了早不來往的道士，討了術數轉來。艮松說不驗，疊彩早已料到，為攏他的心，只得又告他一個方法。

艮松猶膏肓病人得了靈芝仙丹，自是歡喜不盡。

疊彩幫他扎好頭帕，枕下抽出手槍，艮松趁黑去了。疊彩悵悵地倚被垛發呆，似剖去了肝膽的蛇虬，徒徒掙扎不起。

※　※　※

逆未水河上來，一路的勞頓，韋珍珍疲倦得直想睡。辭了父母，這還是第一次出遠門。坐轎騎馬登船，路越走越險，水愈流愈湍，未水河似線團中牽出逶迤延伸的白線，不見盡頭。

壁仞的山崖傍木船徐徐退去，風帆若鷹隼的翅膀，憑藉陰冷的山風浮在頭上嗶嗶剝剝怪響。過去對山水險惡，民風強悍刁蠻的這塊地方，有所耳聞，珍珍有如被綁縛的牲畜送集市去賣的感覺，未卜的前程如未水河一樣的不可探知。

押船的兵丁不像漢人，講難懂的土話，一律的對襟黑布衫褂，草鞋布鞋皮鞋錯雜。從常德上船，接珍珍頭領模樣的人，自我介紹是齊朋翁的兒子，叫齊艮松，他的恭敬與謙卑，令珍珍極不習慣。珍珍躲不開他埋在眼簾下陰翳的眸子的閃灼，他一口一聲太太的稱呼，令珍珍難以從容應答。自己是不足十八歲的姑娘，明顯將是這個轄帶兵丁的粗野漢子的小媽，木船的晃蕩，未必比這更加令人頭眩。

珍珍一身淡雅的家居衣裳，和滿船的黑烏鴉兵形成明顯反差。她難以明白，自己究竟是供向祭壇的犧牲，或純然是還酒鬼父親孽債的冤家。

繫索上岸，進了朋翁宅子，珍珍頭還不清爽，踩在麻石徑上，輕飄飄的仍像在水上漂。恍若夢中，見一老者出來迎了。禿頂的老者面目還算慈祥，不似無數次猜想的那麼猥瑣與凶惡。

在硬硬的烏木太師椅上落座時，廳堂已燃起了燭火，老者遠遠的離珍珍坐了，眯了眼往這邊逡巡。幾夜船上的感覺纏於身上褪不去，開眼閉眼都是顛倒旋轉的人影和物什，無顧忌地閉眼靜坐好一會，珍珍才把顛倒的影像再倒置過來。

從此就是對面那個老者的人了，是他大小妻妾中最小的一個，還要替他生出一群環山亂跑的孩子，然後就是滿臉皺紋，埋在荒野的山中。珍珍覺得自己的心已掛到了屠夫的肉擔上，所有的憧憬，好像撞向礁石的船隻，無可挽回地破碎成了齏粉。

老者的口音不似兵丁的那麼難懂，珍珍能清晰地聽到他在向她說話，說是到家了，一切均可隨便。珍珍恍若生澀的客人，不知是回話好還是不回話好，茫然地搖搖頭，又趕緊點點頭。

廳堂很大，五六根紅柱矗向屋頂，橙紅的燭火閃著溫暖的光。珍珍放鬆地四面看去，廳中央左右排開的是兩行太師椅，正面牆下烏色的八仙桌後是寬大的烏木條案，上面供著香爐和幾件古董，牆上有關聖帝坐讀兵書的畫幅。珍珍知朋翁是綠林出身的這一帶勢力很大的強悍人物，眼前的草莽英雄，怎麼也與畫像兩側條幅的內容不相符，或許，他就是這樣的人物吧，疲倦的珍珍不願再多想。

牆上的條幅是：

地居廉讓之間二分流水三分農圃

學有經濟者貴半部論語一部春秋

※　※　※

做事磊落的朋翁，雖是娶第五房小妾，一切仍按明媒正娶鋪排。張了紅燈，請了客人，排了宴席，燃炮吹打一應俱全。

到了紅綃帳內，珍珍才真正認識朋翁。朋翁比他的外貌斯文，也比他的外貌強壯。珍珍雖不知男人應該如何，但與生俱來和道聽塗說的對這一刻的嚮往與恐懼，禁不住的渾身打顫。朋翁溫熱舒緩的手掌撫遍了她的全身，恐懼在一點點消退。珍珍全身發燙，口舌乾燥得想起身喝水，火燒的身子直想翻動，又羞澀忸怩地不敢擺動。夾緊的腿根一片潤濕，顫慄的不能睜眼看貼在臉前的朋翁。朋翁膨脹了自己，如正步操練的士兵，徐徐開進珍珍身體。裂帛似的幻覺和錐扎似的痛楚環在身上，箍繞著她，珍珍想張口哀叫，被朋翁濕熱的舌頭堵住。

皮膚割裂又被充塞的感覺經久不去，慢慢有些麻木，絲絲的愛意從那兒慢慢導了上來，滿蓄在心窩，珍珍放情地吮咬住蛇信子般的舌尖。老人的軀體蟒蛇似地扭動抽搐，溫潤的柔情一滴一滴抵消了下面的脹痛和麻木。痛而至甜的情愫似燙了嘴的吞咽，饑餓的肚腹，顧不了滾燙的食物，珍珍用力咂吮鹹軟的舌頭。

強悍的衝撞和身上的重壓，仿佛把她罩悶在山底，眼前一片黑暗，燭火的明滅帶給她一線希冀，雙手箍住了那具肉體，欲想飛翔般加進了自己的力量。由裡而外的一陣緊縮使珍珍不能自已，持續回旋在她的下腹。愛意擴大開去，全身如水般柔軟，珍珍記得小時從溜梯上滑下的瞬間，有那種不可名狀的快意。

蠻荒的僻野就只剩這張床，兩具廝絞纏繞的肉體就是整個世界。珍珍化為了翩翩躚飛的蝴蝶，輕盈地浮了起來。墨黑墨黑的天地間，猛然看到巨大山獸吞噬溫順獵物的殘暴，輕雲托不住沉重的雙翅，珍珍又墜到了地上。

落紅的帕子由朋翁晾了，仔細收進箱櫃。

暈紅了臉，看那老者熟練地幹些與他年紀不相諧的瑣事，珍珍冒然地問……與她們時……也一樣？

朋翁嘻開了臉，不置可否，寬容自得地笑笑。皺紋的開合，現出了豎在額頭當中的一條直紋，珍珍第一次直直地瞪視著父親般的老者。那是一塊刀疤。

老人收斂了笑容，一句相洽撫慰的話看得出將要說出來，老人終於吝嗇了，沒有開口。珍珍猛然省悟老人究也不是尋常意義的丈夫，老人肚中的故事，宛若隱回皺紋內的刀疤，不是珍珍能夠測知的淵深。

記住，不該妳問的事莫問，小心割了舌頭。老人瓮瓮地說。

※　※　※

雞叫頭遍，朋翁起身去院中舞劍。

掛著露珠的草莖沾濕了他的布鞋面，一絲涼意延上小腿，才覺不是踩在尋常走的麻石徑上。握劍的手虛虛的有些軟，尋回麻石小徑站定，閉目凝神，將氣聚至丹田，再運至提劍的右手，吐出胸中的濁氣，大口吞咽未醒的未水河清涼的潮氣，神清氣爽了許多，跺跺雙腳，「嗨」的一聲，朋翁舉劍舒臂做了個起勢。

前院平坦豁敞，站在院中可俯瞰向東流去的未水河。悄無聲息的未水河還在朦朧中，泊在水面的商船，有幾點早起做飯的暗紅星火，舀水提桶，水珠滴落的「噠噠」聲，把山野和河面洗落得愈加澄明愈加寂靜。

舞了幾圈，朋翁感到燥熱。平日不能聽到滴水聲，此刻的水滴好似灑在心尖上，濕漉漉的粘澀。習練嫻熟的招式，與一呼一吸的搭配，早如劍鋒與劍鞘般合榫，今日心胸猶若受了擠壓，一式未完，一口氣已盡，影響了劍式的揮灑。懸於劍柄下的長穗，亦不能如往日般的飄逸，垂垂地纏手。

停下來，朋翁勻一口氣，交劍與左手，摸帕子擦汗，落紅的手帕已鎖進箱子，朋翁攥了空拳出來，用手掌抹去了額上的沁汗。

不是珍珍擾亂了他的心緒，也不是他的新娶虛耗了他的精力。五十好幾的朋翁，自小舞槍弄棒，練就了一身好功夫，一桿槍把肩頭磨出了老繭，雙手持槍能打天上的飛鳥，強壯的身子與年輕人無異。常日在幾房妻妾床榻上留連，並沒有虛耗他的精氣，昨日在珍珍身上雖孟浪些，究也不超出慣常的功課許多。

在形同女兒的女人身上承歡，朋翁的興致自然亢旺。珍珍稚嫩新鮮的身子與懵然無知的服貼，朋翁均感暢意。或許有一天會是口枯竭的水井，但決不是現在。朋翁賭氣的又舞動了長劍。珍珍會像打水的木桶，一次次把他淘舀淨盡？朋翁刺出的長劍，明明能聽出「霍霍」的風聲，虛擬的幽靈，在他劍下無可逃遁。為維持體魄的強健，他把抽了幾十年的大煙戒了，改抽水煙。權勢就如手中的長劍，唯有舞動起來才有威風。從落草的山民，到山大王，再受招安成為山鎮的統領，朋翁的乾坤，都由人槍的多寡所決定，志滿意得的朋翁，還在乎家中多個把女人！

※　※　※

常日被下人一口一聲「太太」、「太太」的叫著，珍珍一時不能習慣。洗臉吃飯倒茶均有人侍候，眾人都抬著她，珍珍感到做人的另一種滋味。

在家時，酒鬼父親喝了酒，只知怒罵她是賠錢貨，或是不避她們兄妹，扯住母親就要尋歡。早想逃避，不管擇個如何的男人走了，也強似家裡。

朋翁到省裡交結權貴，酒宴上鬧著要開洋葷，一世在山溝裡轉，要討個城裡妹子光臉面。有相熟的認識珍珍父親，拉上了線。珍珍父親貪圖重重的彩禮，苦纏珍珍要嫁她出去。雖明知做小，珍珍對自己的婚姻從未有過多奢望，找個年紀大的男人，被人呵護，被人疼痛，有個依靠，也就夠了。因著自己出嫁，家中境況有所好轉，也是珍珍想過的，故不認真推拒，答應了可恨可憐的父親，心懷忐忑地遠離了既有無盡牽掛，又不值留戀的家鄉，來到蠻荒的泰永鎮。

日子過得清閒舒心，珍珍捎信回去報了平安，不再惦記家中，只把朋翁宅子當自己家，安心當太太。派人去長沙購得一房新式家具，換了朋翁置的老式家具。設了軟床，安了沙發，高低衣櫃，大小穿衣鏡，件件齊全，朋翁只讓她高興，不加干涉。

每日單調的雞鳴狗吠生火做飯聲音，在固定時間傳入耳中，山鎮的日子異常平靜，恍若每天的人與事，均從同一模子倒出。珍珍回想自己十八年生活歷程，仿佛白牆上的大寫意浮雕，獷筆點染，粗斧砍斫，無有邊界，僅留氤染浸潤的星點色彩。泰永鎮的山水人物，只是疊在朦朧浮雕上的幻影。

站前院凝視未水河，河面杉木商船扯起風帆，蕩著槳葉，白的帆，綠的水，銅色的船，悠然過來，悄然遠去，好有詩意。泊住的商船，中午的炊煙在船尾裊裊升起，伸篷外貼水面打水的必是男人黝黑的胳膊，在船尾搖扇做飯的定是敦實的婦人。船上帶家口的船佬，守著自家的女人，過平淡安靜又有情趣的私家日子，看得珍珍發痴。

不知如何，朋翁的模樣怎也不能在珍珍眼前駐住，想起來一晃就過去，不能清晰他的面目，像在簾布上消逝的皮影。除了在床上，珍珍一刻也不能把朋翁擺在丈夫位置，日間見面，也如面對令人生畏的父親，難有親切親密的舉動。

朋翁要操練槍兵，去轄區收稅，令商船往山外販運煙土土貨，上下交結應酬，白日難得在家。到了夜間，除在珍珍處歇宿，還得抽身去另外三個妻妾居住的大宅承歡。雖寵愛著珍珍，頭幾個月過去，珍珍明顯感到他的分心。白日黑夜的勞頓，不濟的精力令朋翁上床打鼾的時間多，嬌寵珍珍的時間少。情興已被朋翁初步培養的珍珍，像頭小貓被撫得「咪喵」直叫，舒坦暢意的情境，已難以尋回。漫漫長夜和無盡白日，似是踩在稀軟的泥淖中，軟澀難行，又不得不躑躅前去。

珍珍虛空的心中，擺不進一個人。

※　※　※

納第五房妻妾之前，齊朋翁藉口團防事務繁雜，不便讓舞槍使棍的兵丁進出家宅，請風水先生看了依山面水的一塊福德之地，建了一處雅致小院。朋翁很滿意這院牆高聳、多門多井、曲徑宛轉、花木蔥蘢、福德自修的宅院，一房妻妾未帶，獨自搬來住了，一應團防事務也移至宅院辦理。把韋珍珍娶來作自己的五房，自然避去了大宅家中大小姨婆的爭寵和齟齬。齊艮松是朋翁大房所出，在朋翁手下轄帶幾百人槍，除奉侍在父親身邊，還常幫父親處理內外事務，是朋翁的左膀右臂，常在宅中出入。

那一日，珍珍與丫環阿清去後院賞花。

這是一個好日子。久雨不開的雲霧撤退到山的頂端，宅子前院後院的積水被熾熱的陽光吸散到空中，麗陽照去，隱約能見七色的彩虹貫通前院後院。後院飄過來的花香，彌滿宅子。

在樓上的廊中，珍珍眺過無數次栽滿鮮花的後院。來泰永鎮後，山區陰濕的氣候令她的腰腿隱隱作酸，做飯飲茶的井水，也不受她肚腸的歡迎，陰暗潮濕的後院，珍珍還一次也沒去過。難有陽光明媚亮麗的天氣，整個宅子罩在金燦燦的光環中，珍珍的心境，似洞開的雲靄，透進心底的，盡是溫暖。

艮松在廳堂擦槍，見珍珍與阿清下樓往後院走去，也尾跟著來了。

銀綠色邊緣有缺刻的葉片，單莖上去抱一朵艷麗的大花，花開四瓣。藍的紫的白的紅的，好像什麼顏色都有，還有一股奇異的香味。珍珍不認識這種花。只是那香味，似乎是聞到過的，又想不起在哪聞過這種異香。

珍珍一朵一朵看過去，阿清遠遠的跟著，不走近來。

艮松走了過來。花朵掩至珍珍胸部，斜過來的陽光，正照在珍珍身上，剛從院門出來的艮松還遮在陰影中，艮松眼前燦爛一片，花叢中擁著個仙女般人兒，風搖枝動，搖曳的花朵，宛若把珍珍浮起漂動。

艮松的腿有些綿軟，堅挺著朝珍珍走去。待走到珍珍身邊，珍珍才發現，輕輕「呀」了一聲。

阿清見艮松過來，避到院牆根，不往這邊看。

認識它？艮松知珍珍不識，故作驚訝地問，眼睛不離被花映得緋紅的珍珍臉。

沒見過，什麼花呀，這麼好看！珍珍問。

城裡不能看到，我們可指它吃飯呢！艮松面有得色地說。

什麼？珍珍不解。

它就是罌粟，也就是鴉片，知道了吧。

鴉片？珍珍往後退了退。它就是鴉片！

不，鴉片在它結的果子中。艮松指著橢圓形未成熟的蒴果說：用刀片在上面輕輕劃一刀，就有白色的漿汁流出來，一點一滴收集起來，汁子乾燥凝結後，熬製出來的就是鴉片煙土。

珍珍不作聲了。原來朋翁就是以這眩人眼目的花的果汁，與昏聵的父親作了交易。

美麗的花，比花更美麗的青春——

這幾朵，艮松興味極濃地說：紅色或粉紅色與白色相間的花最為珍貴，是花中之王。它有一個很好聽的名字，叫「虞美人」，妳看像不像？

珍珍掐了一朵虞美人，在鼻尖上聞聞，擲到地上，用腳碾碎。憤憤地說：早不告訴我，早說了就不來了。阿清，阿清，我們走！

頓覺無趣的艮松，也跟回了廳堂。阿清泡了茶來，珍珍逗鸚鵡，不理一旁的艮松。想起三擔煙土，珍珍心裡就不是滋味，興致全攪亂了。艮松肅立一旁，不知什麼話得罪了她，找不到話題回暖珍珍。

珍珍漸漸責怪自己起來。宅中上下本無可說話之人，親兵骯髒粗魯，丫環粗笨不懂臉色，艮松跟前跟後，左一個五媽右一個五媽，叫得親切，絲毫沒有公子架子，年紀又大致相若，早有心與他親近，剛一說話，就不投機，想想，心自軟了。回頭鬆了臉，對艮松說：坐嗎，還站著。可是你自己罰自己的呀！

艮松移近珍珍坐了：那些話不是問起不會說，不知五媽——

珍珍接過來說：誰不喜歡花呀，就是心煩，也不曉得因為什麼。你不要往心裡去。艮松討好地說：山裡也不是沒有有趣的事，冬天打獵，端午划船，春節耍龍，在家邀人打麻將，我可以陪妳。要不，去看我們操練，我讓團丁打槍給妳看。

珍珍笑了：哪個要看你們那些黑烏鴉兵，個個大煙鬼似的，有多大能耐！你說陪我上街，當真？

※　※　※

街上過往行人，穿著打扮相去不遠。男人頭上纏有青布頭帕，上穿綴有七顆布鈕扣的對襟衫褂，下穿褲管寬大的粗布黑褲。女人的眉毛扯成一條細線，粗布衫褂的沿邊細心地繡有各色花邊，圍腰亦繡以絢麗的花紋圖案。頸下和腕上裝飾著銀項圈銀手鐲的女人，能從她們身上銀器的多少，測知她們家境的貧富。

珍珍不同苗人的氣質，素淨的衣著，引來不少目光。女人在頭帕下的目光要比男人收斂，男人看稀罕物件般，把珍珍從頭看到腳。當看到跟在後面挎槍的艮松，才倏地收了目光，低頭走路。

團防局總兵娶姨太太，在鎮上不是小事。挎槍的艮松前面走的，打扮既時髦又隨便的年輕白淨漂亮女人，定是新來的姨大太。珍珍在街頭男人女人敏銳謙卑的目光中，看到了自己在小鎮上的位置。

走至看似染鋪的店面，珍珍停下來。

艮松過來問：又是沒見過的吧。染房誰沒見過，有甚稀罕！珍珍口裡說著，肚中確在納悶。艮松說：妳再細看看。珍珍細看了幾眼，確與尋常的染鋪不同，染過的布經煮後，竟現出了花紋圖案。忍不住的，珍珍問：這是什麼名堂？

艮松笑笑：我知道妳不會見過。這叫蠟染。白布上由人用蠟畫上花鳥蟲魚，浸入染缸中染上藍色，一煮，不經染料的蠟脫落後，就現出了花紋，畫的什麼，就現什麼。

珍珍問：街上不見有人穿？艮松說：我們這些苗人穿了，雖與山水街色相諧調，看多了就覺不出味，倒是妳們城裡人，洋人穿土衣，才好看呢。

珍珍突然問：香蘭軒在哪裡？帶我去看看。

那種地方妳怎麼知道的？阿清告妳的？

你莫冤枉人。你不帶我，問也問得到。

快莫丟醜了，妳問，人家把妳當那種人。

那種人！你還和那種人——珍珍不說了，說：走吧，我們回家。

※　※　※

朋翁探知洪縣長要上來禁煙，著人把顯眼處的罌粟全都扯去，亦將後院開得正旺的罌粟花扯個乾淨，整齊植了菊苗。洪縣長帶人來時，朋翁一干人馬早迎了，要安排進宅子住下，洪縣長轎不下，要朋翁帶領四處查去。查了三天，能看的山田都看了，果然不見一株罌粟。縣長放了心，誇獎了朋翁，隨他來宅子。

進門就見前院兩株盆栽的虞美人，洪縣長笑問朋翁：這麼嬌艷的花，老兄怕是割捨不下，有你的榜樣，我恐怕還得來嘍！

朋翁也不回話，端起彩釉細瓷花盆，摔得粉碎，用腳把花碾爛，吩咐跟著的親兵：拿去燒了！拍拍手道：不瞞縣長您，這兩株虞美人有兩年了，煙是壞東西，花還是極愛的。莫看我是個粗人，偏愛個花呀草的。也怪我粗心，不從我做起，哪個還敢聽令！說完，引了洪縣長進了廳堂。

下人端來銅盆，浸了熱毛巾讓縣長潤面。落座後，艮松敬了卷煙，丫環沏了上好的茅尖端來。吃過午飯，嘮了一陣閒話，朋翁喚珍珍出來陪縣長玩麻將。眾人推縣長坐了上首，珍珍對面坐了，朋翁艮松分左右坐下。

常日宅中來了客人，朋翁最忌內眷出來，家眷有事，也從旁門出入，不和客人照面。洪縣長上任不久，朋翁有心交結，況且又是來禁煙，朋翁半點不敢大意，破例把珍珍喚來陪縣長。有珍珍的柔聲說話，朋翁說話的嘴，多了幾分潤滑。珍珍也是極伶俐的，順著朋翁的眼色行事。

開手就贏了錢的洪縣長，高興得忘了矜持和威嚴，中午的酒也泛濫洶湧開來，嘴邊站崗的衛兵早當了逃兵，眼盯著珍珍，熱絡隨便地說：嫂子不是本地人吧，石頭縫裡哪有這樣白嫩好看的妹子！哪裡人？長沙人，嘖，我們還是老鄉呢。老鄉見老鄉，兩眼淚汪汪。山彎彎裡，還能見老鄉，中午怎不出來吃飯，出來了，我還要多喝兩杯。吐幾口煙，上下品評珍珍的穿著：這身衣服穿在妳身上才出味，我那胖堂客穿了，不是母豬也是江豬。朋翁你的喜酒怎不請我，怕我搶了你的人！嫂子，今日第一次見面，又是老鄉，莫怪我小器——邊說邊脫下無名指的金戒指，扳過珍珍的手，拍在她掌心：出來公幹，不能特意備禮，算是見面禮。不要推，推就是看不起我！

珍珍穿了艮松送的蠟染布料手工縫製的一套衣衫出來時，朋翁責怪地瞪了她一眼，她心知他不滿意她穿土衣服出來見客。艮松送她時，喜悅地穿了給艮松看，艮松早有褒詞，珍珍已有定心，不怕朋翁不高興。洪縣長當面誇獎，心下更是歡喜，再看朋翁，眉頭早已舒開，知他不再怪她。

珍珍承了洪縣長好意，接了戒指，說：縣長如此看得起，我就不客氣了。當即把戒指戴在中指上，轉了幾圈，雖嫌大，也不管它，繼續玩牌。

至晚，朋翁留縣長住宿。縣長叼了卷煙，朋翁呼嚕水煙袋，嘮著防務和禁煙之事。朋翁有意奉承，話愈拉愈近，兩人相互報了年庚，朋翁長縣長五歲，問明縣長屬虎，生辰在中秋。朋翁不敢貿然與縣長攀為金蘭，只試著說到時要來拜壽。縣長謙謙揮手：不敢不敢，到時備杯薄酒，邀老兄一醉到天亮。

第二日，朋翁艮松珍珍又陪著玩一上午麻將，下午臨走，縣長對朋翁說：老兄放得心，放嫂子去縣裡摸麻將。把天仙般的嫂子占著，關在籠子裡，讓她下去散散心，怕我吃了！朋翁連連點頭：豈敢豈敢，我是最開明的，不攔她。珍珍見朋翁不推拒，亦點頭答應了。

朋翁備了五擔上好的茶葉，著人挑了。又捧出一尊剛打好的一斤重的金虎，說：縣長看得起，一點小意思。縣長推了出去：這是幹什麼？下次不敢來了。推了幾推，著貼身的親兵收了。

看縣長上轎，一行人走遠了，朋翁們才回宅子。

※　※　※

清明前三日，朋翁令全家齋戒，與珍珍也分床睡了，命人備了三牲祭品時鮮水果，去祖塋搭了棚子設了帷幕。清明那天，朋翁一家大小二十多人及親兵下人，坐轎走出泰永鎮十幾里，到了齊家祖墳，擺了祭品焚了紙錢，依次磕了頭，然後坐棚中喝茶休息。

坐轎上山時，珍珍覺山風極硬，頭髮凌亂得手梳不攏。到了齊家祖墳，卻感覺不到風，焚紙的煙氣裊裊浮上青天，與稀薄的白雲匯在一起。在棚中喝了幾口熱茶，坐轎吹冷的身體漸漸回暖過來。

珍珍好奇周圍的山勢，又是第一次來，焚紙的那刻，只顧磕頭，齊家祖墳有如何的氣勢不能明瞭。又嫌棚中幾個姨太太帶的一幫孩子太吵，獨自出來順延山築的墳塋小徑，向上攀去。朋翁正協調前幾日三個姨太太因鬧事鬥口之事，沒顧得往棚外看一眼。

山間松樹均有腰粗，圍繞齊家墳塋延山遞次排列上去，肅穆規整，看得出經人長期管理。珍珍也說不清究竟要看什麼，四周靜靜幽幽，無一絲聲音，颯颯的山風只在松樹頂梢響。小徑在一塊半人高的山崖下斷了，珍珍茫然四顧，找不到踏腳的石塊，正想沿山下去，只聽一個聲音說：來，扯妳一把！看時，艮松正站在山崖上方，向她伸出援手。

珍珍奇怪：不見你上來，怎麼走在我前頭？知我要上山？艮松笑笑：小路通天，各走一邊。小時就在山上玩，妳走得我快！珍珍踟躕著，艮松早蹲下來，手挨珍珍鼻尖伸著，珍珍握了他的手，剛展腿，就被拽上去。

珍珍兩手抱在胸前，怕冷地聳聳肩，攏攏被風吹亂的頭髮：下面一點風都沒有。艮松解釋：風水寶地就是藏風聚氣之地，藏風就是避風，下面能有風！你還懂風水！珍珍多少帶些調侃地說。什麼懂不懂，還不是聽人說的。妳看看這四周的山，風水先生說了，左為青龍，右為白虎，前有朱雀，後有玄武，怎麼個說法不知道，我家幾代都埋在這裡，我也會，妳也會。我們不在了，會睡得不遠。

墳塋背靠的山，均高於左近的山頭，往下看去，山腰未熄的縷縷青煙清晰可辨，棚中人影幢幢，孩子的喧鬧亦傳了上來。

隨艮松手指轉看一圈的珍珍說：我看不出，山和山有什麼不同。艮松儼然成了教書先生，興奮地指點：我們站的山，是左近幾座山的源頭，按風水先生講話，是龍脊。妳看前面那道水，是未水河的支流，從西往東去，過了那架山就往南了，從南往北風水就不同了。我家祖墳選在這裡，山碧水環的，是塊風水寶地，我家有大人物出。珍珍笑了：山溝溝裡，有什麼大人物，你爹也算大人物？

出不出大人物，妳早晚看得到。艮松受了珍珍搶白，多少有些尷尬，換了話題，指著山下的墳堆說：為妳也修了墓穴，不知妳注意了不。珍珍詫異：為我？不是願我早死吧！艮松緩過神情，神秘地說：老爺無碑的大墓下面有四個墓穴，也都沒有碑，沒看見？珍珍想想：

不會有我吧，要有應當是五個，我是老五，四姨太早歿了，不是已睡進去了？艮松沉思了一會，猶豫地說：她睡的不是地方，這沒有她的位置。珍珍早知四姨太死得不明不白，乘機追問：你們哪個都不告訴我她是如何死的，今天告訴找！艮松後悔把話扯到這裡：不要問，講來令人喪氣。看看珍珍，又有些不忍，還是把話吐出來：她與人偷情，被發現，被老爺埋了。活埋！珍珍瞪大了眼睛。艮松把頭轉向一邊，淡淡地說：也不完全是。孽是她做下的，怪不得別人，妳知道這兒的風俗是極嚴的。

珍珍不問了，轉一個話題：到你當老爺時，也娶五個姨太太？艮松放了膽，深情地看珍珍，不說話。珍珍別過臉去，無話找話：到老爺沒了，我們都得陪葬？那倒不會，妳這麼惹人喜歡，老爺捨得，還有人捨不得呢。艮松望了望山下的棚子，更加放肆。

誰！珍珍的心直跳，等待著。山上的冷風直往她衣中鑽，不由打了個冷顫。艮松不接她的話，只說：我要討姨太太，也討妳這樣的。珍珍見艮松眼中的光，趕快避了，說：在你眼裡我只能給人做小！艮松又一陣尷尬：不不不，我不是這個意思，我是說——珍珍搶過話，帶一絲冷笑：聽說你和香蘭軒的疊彩好，把她做小，不正好！艮松恨不能找個地縫鑽進去，冷風吹黃了他的臉，口齒不清地掙扎：妳怎麼知道？珍珍也黃著臉，不依不饒追問：疊彩那樣的女人真對你好？艮松實在不能回答，不擇言語慌亂地說：有些事妳不懂……我屋裡的……唉，不說了。講句正經的，要討了妳這樣的妹子做堂客，死也甘心。

山風吹得艮松的長髮蓋了眼，珍珍瞥見他眼圈紅了，不再追問，眼睛盯看山下的棚子。莫看我見世面不多，女人還曉得一些。艮松一肚子話，極想趁機會倒出來：我就喜歡——快莫講了，珍珍趕快打斷：我們下去吧，老爺問起來不好搭白。你不冷？艮松只好閉了嘴，尾跟著珍珍一同下山。

※　※　※

兩頂轎子停在朋翁宅子門前，出來的是洪縣長夫人施太太，說是接珍珍去縣裡散心打麻將。著人把禮帶進廳堂。接著的是艮松，朋翁去未水河上游收煙稅未回，艮松推說父親在外操練水軍，不敢作主。

珍珍出來迎了，邀進臥室說話。施太太見臥室一派現代味兒，極不習慣，指著床欄上嵌的大鏡子說：這麼個大照妖鏡，照著妳們幹，妳不怕！不是我說妳，我們姐妹第一次見面，我那個不正經男人，回去直把妳掛在嘴上，像自己討了個小老婆一樣的高興。我們姐妹說話，我不怕妳比我長得俏，我才不吃醋呢。我是怕妳的魂被厲鬼捉去，可惜了這張臉蛋。妳還年輕，妳那老鬼男人早晚是個死，不怕。再說，他命硬，槍子裡爬進爬出，橫死豎死，閻王都不要，看妳嫩肉嫩骨的，可要當心。

珍珍陪著笑臉聽她嘮叨，也不好堵她。見她兩手扎眼地戴滿粗大俗氣的手鐲戒指，想把放抽屜中洪縣長送的戒指戴上，想想，又關上了抽屜，仍閉耳聽她天上地下，陰間陽間的侃侃亂彈。

艮松留她吃了午飯，又與珍珍阿清陪著摸麻將。下午朋翁才回，吩咐珍珍帶足了錢，坐來的轎和施太太去縣裡。

臨上轎，珍珍回頭見送的艮松眼中有怪異的光，顛坐在轎裡，想那光有不願她去的意思。故意延宕等朋翁回來時，珍珍就看出艮松有那點意思。珍珍表現出想去的高興勁越濃，艮松的臉色就越黯。當然，還有別的意思，珍珍不是不能明白，欲把那朦朧模糊的意思想透徹，似乎又太遙遠，不現實。倒是這樣更好，殘酷地看著艮松不能表白的痛苦，珍珍心頭才有一絲甜甜的痛，甚至比來泰永鎮在船上懷有上祭壇的恐懼，更多一層滿胸是蒺藜的感覺。

以後的日子，縣長不來轎接，珍珍也要朋翁派親兵跟了，坐轎去縣裡玩牌。朋翁知她寂寞，不阻她。艮松默默為她安排人轎，表面和他父親一樣大度，不言語半句。愈是這樣，珍珍愈是生氣，心中的隱痛向全身擴散開去，慵慵懶懶跨入轎中。似乎非要黃蜂螫咬，才覺痛疼好受些，珍珍也說不清自己究竟是如何的了。只有離了艮松父子，沉浸在縣長的牌桌上，才覺是對艮松的報復。但這種報復的目的是什麼，珍珍不能明白，不現實又異常遙遠的憧憬，如浮在霧江上的小船，欲想擺渡，卻不知為什麼要去彼岸。

※　※　※

五月端午，未水河熱鬧起來，待賽的龍舟泛在河面來回划動，河岸練習的鼓聲擂得山水震顫。朋翁手下有四條龍舟參加比賽，因朋翁宅子離賽臺近些，故把全家二十幾口接來吃飯。朋翁開了一罈地下埋了十多年的綠瑩瑩的茅臺，敞懷喝了幾大碗。孩子們被河岸不斷鳴響的三眼銃擾得無心吃飯，拽了各自的母親往河岸跑，坐岸邊早已搭好的臺上觀船。宅中的兵丁和下人俱已去了河邊，艮松去臺上看了，朋翁端坐高臺，指揮兵丁，準備發令開賽，全家人都在，獨少了珍珍。

熙攘的回家路上，艮松見著香蘭軒一干人擠在河岸，想避開，早被疊彩看見，拉往一邊講話。艮松心中有事，連說就來就來，脫了身踅回宅子。

平日朋翁寵愛珍珍，大太太二太太三太太早不順眼，聚在一起吃飯，珍珍看不慣她們聯合一起有意孤立她的談吐和白眼。朋翁勸酒，幾個太太小口抿抿，珍珍負氣地一口口喝下。趁了酒，也不跟她們招呼，離了眾人，獨自回房睡下。

聽艮松叫門，珍珍起來開了。幾步路似踹在雲中，輕飄飄有飛起來的感覺，珍珍靠著門，走不了回路，被艮松扶回床上。

乖巧的艮松泡了杯濃茶端來，吹著熱氣，看珍珍小口抿著。

此時的珍珍，兩顴潮紅，鬢雲亂飛，醉眼迷朦，比往日更加嬌艷。扶她時，柔軟無骨的肌軀，宛若風中的柳絲，輕妙婉嫩、溫溫酥酥地滿貼在身上，赤得噴火的粉頰，垂垂地濃依在肩頭，撩撥得艮松心旌飄搖，恨不能一把攬入懷中。

酒在肚中，腦中的熱血汩汩奔湧，珍珍的思緒亢旺得只想沸騰，平素的遮欄猶若被泛濫的洪水沖個乾淨，身邊有知冷知熱的艮松，珍珍眼前一片雪亮坦蕩，滿胸襟的話想趁了酒悉數噴出來。

珍珍朦朧著眼看定了艮松的臉問：外面那麼熱鬧，不去看，來管我！艮松端著茶杯，心似撞鼓的木槌，上上下下無處放落，究也拿不定主意，只像往常般回答：年年看，又不是孩子，還有什麼味。那，神思飛馳的珍珍，在話裡覓到了知音，挑逗地問：什麼才有味？妳！艮松見珍珍放鬆了自己，也放膽回答。答完，艮松也發怵，懸著心。艮松惦著疊彩告他的媚術，心眼死在上面，看輕了情興已起的珍珍，想趁此機會，放膽從珍珍身上得到它。

珍珍等待著。

艮松說：問妳要件東西。珍珍的心似要跳出來：只要我有的，隨你拿！艮松接著說：是妳身上的。珍珍蕩漾的春情，壓也壓不住：只要你說出口，隨你！艮松說：要妳二十根頭髮。珍珍胸中霎時下了一場雪，熱血凝在腔子裡，心都不跳了，閉了眼：什麼好東西，要剪你剪。艮松出了一口長氣：不能剪，要扯。草鞋裡摻了頭髮，走山路結實些。把我的頭髮放腳下踩，腦殼會痛的。珍珍眼皮掙不開，醺醺醺的就要睡去。艮松散了她的髮髻，擇了二十根頭髮，一根根輕輕扯下。

廳堂中的打火鐮石遍尋不著，想是小孩拿出去打火放炮了。艮松去竈膛，扒開火星閃爍的灰燼，放些枯枝，拿吹火筒一陣急吹，枯枝冒出了明火。去碗櫥中拿一酒杯，倒滿酒，用枯枝點火就著酒杯把二十根頭髮燒了，黑灰落在酒裡，艮松仰脖喝下，洗了手臉，返身去珍珍臥房。

喜孜孜的艮松推開門時，珍珍已經睡去。門外炮聲鼓聲正濃，龍舟已經競渡，不會有人回來。閂了門，艮松趨近床前，滿滿地俯身和珍珍做了個嘴，雙手在她身上放肆摸去。

夢中的珍珍覺察有人壓在身上，撕扯衣裳，恍若朋翁的舉動，但比朋翁更有力量，更為粗蠻；又似酒鬼父親醉後扯住母親，蠻蠻地撕扯糾纏。

禁不住的，珍珍本能地進行了抵抗。壓在身上的身體變成了噬人的野獸，又像鉤爪銳利的鷹隼，珍珍感到了疼痛。

睜眼看時，是艮松。

艮松轉身走了，珍珍被酒和情興燒熱的身子，仿佛落入冰水窟中，透心冰涼，手腳癱軟無力，恨著艮松，沉沉睡去。

珍珍拼死抵抗起來。蘊滿全身的燒酒給了她力量，壓在她身上的男人和她一道翻滾。珍珍的力量弱了下去。我要喊了！無助的珍珍，氣喘地說。

珍珍倏然感到富於情調的柔情蜜意，是那麼的遙遠；珍珍舒緩地覺得兩人迅即扯近的距離，是意外的神速，與自己明白朦朧希望的那麼不相襯。——還有，還有一些別的。昏亂快捷的思緒，怎麼也不能合理對接成想爛了的那種美好。

她盡力呼喊：來人哪！聲音在臥室裡迴蕩，震顫著珍珍的耳膜，她驚詫自己的聲音如此響亮，把自己都嚇一跳。

不會有人來。什麼人會來？是朋翁？此刻只有朋翁能解救珍珍。珍珍心靈的茫然，不會在此時此刻呼喊朋翁。是滅頂時刻的呼喊？珍珍比哪一刻都清醒，最危難時的呼救，救她的只有艮松。

甚至在夢中，朋翁的身影也沒有進入過珍珍的頭腦。倘若在夢中，珍珍呼喚「來人哪」，希望的一定是艮松的到來。酒後的清醒中，卻想用呼喚朋翁來嚇倒已壓在身上的艮松。珍珍不能明白她悖情悖理的呼喚能給自己帶來什麼，但她確實明白，此刻失去的正是自己需要的艮松。

艮松扯開門跑了出去。空落的房中恢復了寧靜，珍珍的心被禿鷲叼走了似的陡然空蕩，虛空得不知能想些什麼，腦子「嗡嗡」亂響。滿蓄於胸中的一切，猶若堤壩的霍然崩潰，又如鳥籠的怦然打開，囚禁多時的意緒，「嘩」地全不見蹤影。

撕扯時的痛楚纏於身上，但那不是痛，是蚊蟲叮咬後解癢的抓撓。或許會有下一次，是不同於此刻的下一次，到時，到時——或許會有更多的準備，或許是另一種方式，或許不講究任何方式，或許能更無顧忌，或許快意就埋在粗野蠻悍中……

睡意使珍珍不能多想。睡眠宛若轟鳴在耳際令她清醒的鐘磬，韌性地侵襲她；睡眠就如施放在她身上的恩惠，柔柔暖暖地撫慰她，珍珍無夢地睡了一個下午。

闖入興趣全在河中競渡龍舟上的人群中，艮松的懊惱不能排遣。他不知珍珍為什麼要抵抗，他仍不知珍珍的心。他不知會有如何的結局。相識的人與他打招呼，他一個也看不見。

怵怵的日子十分難捱，恍惚的艮松頭上似乎懸了一塊石頭，不知何時會砸碎他。

使用術數還應有咒語，艮松不止一次的想，兩次媚術均告失敗，道士未必不傳疊彩，疊彩就未必告訴艮松，故意使他失敗，讓他的心專在疊彩身上，也未可知。想想，氣就上來。

緊要之處，還是先把珍珍的口封了，再去對付疊彩。

平靜的日子一天天過去，看不出珍珍有什麼異樣。艮松躲著她，也躲著朋翁。

這樣的日子不應有太久，非想個兩全之策，讓事情永遠過去。

※　※　※

是一個有霧的日子。

※　※　※

珍珍前天被洪縣長接去玩牌，獨自一人睡的朋翁比往日起得更早。舞完劍，身上微微冒汗，剛想去廳堂喝茶，見護送珍珍去縣裡的貼身親兵，慌慌張張闖進前院，朋翁喝住了他。親兵一邊抹汗一邊稟報：不敢不回來報告，小的看見洪縣長的手搭在五太太的大腿根上，是彎腰到地上撿牌時看見的。朋翁一聲怒喝：不要亂講！背過身去，持劍的手顫抖起來。

侍立一旁的親兵，看著朋翁的臉色，小心地說：老爺吩咐了，要多多留神，不敢不回來報，是親眼見到的。這種事，不敢有半句假話。

朋翁頹喪的一屁股頓在石凳上，粗粗喘氣，厲聲喝：還有什麼，快說！

親兵囁嚅了半天，喃喃地說：昨日上午聽見縣長太太與縣長吵架，說是半夜不見了人，縣長鑽了五太太的房間。吵得好厲害，怕事情鬧大，找了機會連夜趕回來報。老爺還可以派別人去打聽。

朋翁怒眼圓睜，猛地站起來，揮劍把一株碗口粗的山茶花樹幹砍作兩段。平靜了一刻，摸手帕把劍上的樹汁擦去。在院內轉了幾圈，氣又上來，抬腿起來，平握了長劍，用膝蓋一頂，「剛」的一聲，長劍斷為兩截，順手把劍扔了，大聲喝道：把艮松叫來！

兩年前，朋翁就是用這柄長劍，劈了偷情的四太太和她的情人。

不否認偷了情的四太太與那個青年被綁了，朋翁命人在山上挖了兩個大坑，著人強按住他們的頭，把土埋至兩人脖頸。朋翁手端茶壺，邊咂吮茶水，邊看他們絕望地掙扎。四太太和青年的臉脹成醬紫色，眼球都突了出來。

朋翁甩了茶壺，在坑邊站定，運足了氣，一劍下去，劈開青年頭顱，腔子中噴湧出酒盅粗細的血柱，有朋翁高矮，像朵花似的灑落下來，潤濕了坑邊的紅土。

朋翁又照樣劈了已昏過去的四太太。

艮松來了，朋翁命他：去，帶人去做了那不要臉的小騷貨！

艮松詭譎地看著朋翁，說：是不是再派人去打探清楚？

朋翁怒道：我早知她不是個好東西，早晚有這一天。要你去就去，囉嗦什麼！艮松說：那，縣長那怎麼交代？朋翁喘著粗氣：管不了那麼多，老子的家事，哪個敢管！大不了老子再拖人馬上山，他找老子的麻煩，老子索性把縣城都洗了！

尋思了一會，緩了口氣：就說是暴病死了，報個信就完了。

※ ※ ※

騎馬的艮松帶了一頂轎子到了縣裡。

珍珍和縣長在牌桌上，艮松先問候了洪縣長施太太，說：老爺病了，接五太太回去。縣長留艮松吃飯，艮松說不了，怕老爺著急。洪縣長備了禮著艮松帶去，說得空去泰永鎮看朋翁。

珍珍心想來時朋翁好好的，納悶哪來的病，艮松來接，必定有事。也不疑心，坐轎跟艮松回去。

開心的艮松騎馬走在頭裡，一路哼著小調。太陽偏西時，走至一處無人的土坡，艮松早留人在路邊草叢中挖了個大坑。艮松下了馬，掏出了槍。

珍珍見轎停了，想叫身邊的人去問，艮松已過來，挽了手扶她下轎。珍珍問：什麼地方，你們要休息？老爺真的病了？有事不要瞞我！

艮松笑笑：五媽，怪不得我了，老爺要妳的命，明年今日是妳的忌日，有話去陰間和老爺說去！珍珍已見路邊的深坑及艮松提在手上的槍，全明白了，氣得全身發抖：齊艮松，你好陰毒！你這個不要臉的東西，我為你把事瞞了，你倒害我。回去和老爺說去，看死的是你還是我！

要怪也怪妳自己，早順了我，哪有今日！妳要明白，是老爺要妳死！艮松平靜地笑道。

珍珍死盯著艮松灰白變形的臉。

艮松舉起了槍，朝五媽白嫩好看的臉打去。韋珍珍的臉瞬時炸開了花。

珍珍的身子埋在深坑中不見了，艮松站上去踩實。對來的一干人高聲宣布：你們哪個敢把事情傳出去——用槍點點腳下的紅土，這就是他的下場！眾人垂著頭，無一人敢作聲。

騎馬回鎮時，艮松想著高興，不由得隨著戲文的調調哼唱起來：

我送五媽上西天
無臉的騷貨做鬼也難翻邊
當初與老子風流遍
如何有今天
如何有今天無棺裹屍草埋殮
伊呀子哎——嗨……

過未水河擺渡時，艮松望西東流去的河水，想去年坐船接韋珍珍來的情景，手指無聊地撫弄坐騎的長鬃毛。嘴中已把那調調哼唱得無味，思緒低低的昂揚不起，悵悵地長望不息流去的河水。

萬千年的未水河無聲無息向東流去，河岸苗人聚居的泰永鎮，日落日升老去它平淡無彩的又一個日子。

弈軼

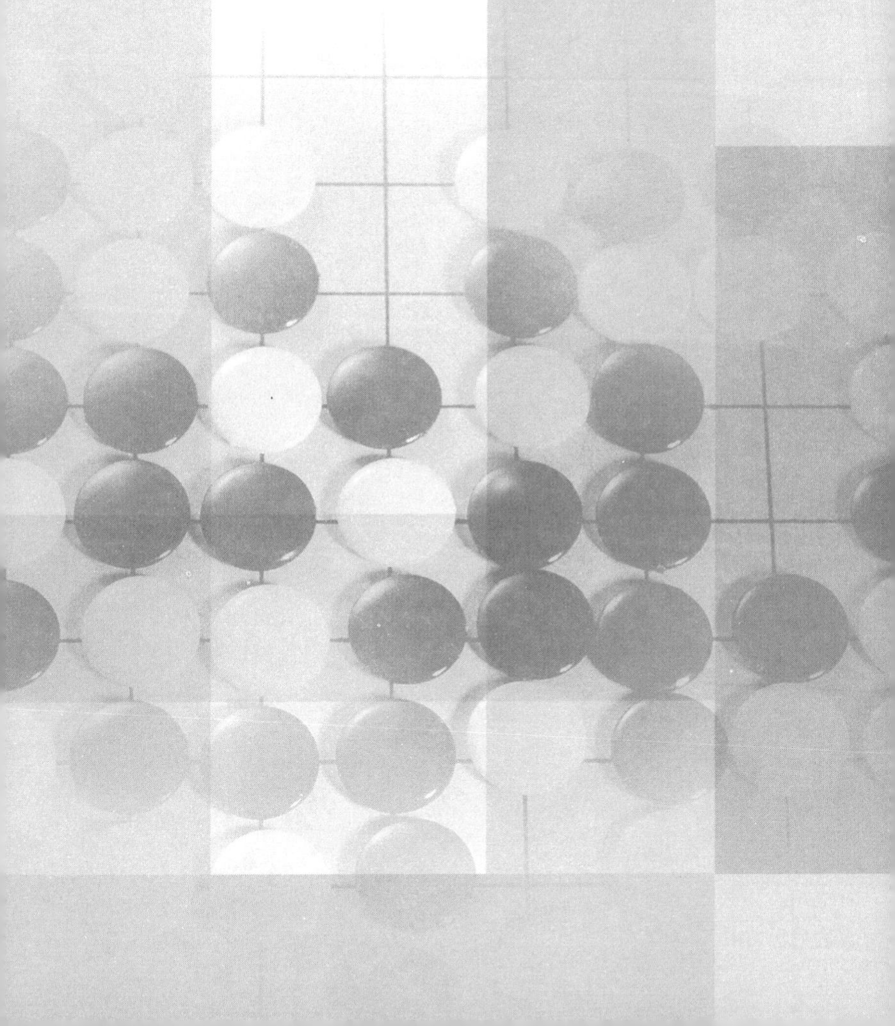

曲曲折折一條碎石小徑，兩側水榭邊迭有幾座玲瓏剔透太湖石壘的假山，曲橋下荷影中隱約能見魚兒游動。在大門下車時，瞥一眼蹲踞在門兩邊的崆峒白石踏珠西域巨獅，韓小松已覺出掛有徐府匾額的這座宅邸，雖不如官府的威嚴震懾，但商家的富貴氣勢，是一眼能望知的。

家人把韓小松引進一排三間的書室，讓他候著，轉身去了。小松在緊靠書架的一張墊有金緞椅袱的紫檀如意椅坐下，環視靜靜的書室。

朝南的玻璃窗下，橫一架紫檀條式書桌，上有青龍白瓷筆筒及筆墨硯臺，靠牆的兩壁，是疊滿書籍的紫檀書櫃，屋當間嵌有大理石桌面的紫檀圓桌上，擺有一方黃楊木棋枰。小松趨近書架，隨手抽一本書下來，是宋版的《忘憂清樂集》。對古棋譜，小松了無情趣，翻翻就疊回原處，再翻，《棋勢》、《棋圖》和《玄玄棋經》均在眼前晃過。翻到本朝乾隆時范西屏的《桃花泉》，捧在手上，坐回如意椅。

范西屏的《桃花泉》、《二子譜》、《四子譜》，小松耳熟能詳。他從小就欽佩棋聖范西屏靈奇變化、莫測端倪的棋風，如范棋聖在世，真想與他決一雄雌。惜范西屏已是幾十年前作古人物，小松只能從他的棋譜中窺知他的棋鋒了。

門簾一掀，一聲：讓先生久等了，久仰久仰。進來個身著金錢綢袍褂抱拳作揖的留鬚漢子，小松知漢子是邀自己來下棋的徐其標，趕緊站起來還了禮。跟徐其標進來的還有個抱叭兒狗的漢子，是接小松從上海來金陵的其標兄弟徐其友。

丫環泡了茶來，大家相讓了，圍圓桌坐下。

其標說：早聽說先生大名，豫園博彩，其友已告知我一二，不想先生如此年少，真讓我這老朽慚愧。今日邀先生手談，交個朋友，海內博弈高手，我都想結識。

小松看徐其標，四十上下年紀，方頭闊面，眉宇間有股豪氣，與鼠目獐頭，猥瑣陰沉的徐其友形成明顯對照。

見其標如此說話，小松趕緊答：不敢不敢，我四海為家，下棋謀生無異於乞丐一般。先生看得起，只怕污了先生的棋枰。

其標看看小松手中的棋譜，說：小先生平日飽讀棋經，恐怕十訣、十三篇已爛熟於胸了。

小松訥訥地答：在前輩面前不敢撒謊，從小博弈就是懵，不懂個規矩戰術，除看過范棋聖的棋譜，其餘均未涉獵。平日攻守進退均為浪戰，不大勝即大敗。

其標說：先生是稟賦極高的聖手，聽說還從未遇過能相較量的敵手，大約與神龍變化、莫測首尾的范棋聖有些相似，是難得人才。圍棋是我們的國粹，杜甫有「老妻畫紙為棋局，稚子敲針作釣鉤」的詩句，連宋徽宗都有「忘憂清樂在枰棋」的句子，古人喜弈，可知一斑。

但自古弈家，以我們清代為最盛。我朝國手輩出，先有過百齡，變化明代舊譜，加以興革，詳加推闡，以盡其意；再有黃龍士，盡變舊法，窮極變化，自出新意，開後來諸國手之先聲；至范西屏、施定庵，棋藝已臻圓熟，博弈無可敵者。再至下，其標看看小松：聽說小先生棋品已在若愚、守拙之上了，當稱國手。依小先生之見，現今我朝國手最善弈者，該是誰呢？

小松有些慌亂，明白其標說話意思，順著他的話說：先生大名如雷霆震蕩，江右江左除先生外，能有誰！

其標撫鬚一笑：我們今日不煮酒論英雄，請先生來，只求一博。如不累，就弈一局，不知可賞臉？

小松說：我是無名鼠輩，哪敢與先生比肩。平日賭彩，只爭個衣食，不敢有所妄想，先生看得起，哪敢不從！

雙方謙讓一番，到底其標說小松是客人，讓他執黑先行。

小松年少執泥，平日只要拈起子來，萬事忘諸身外。其標是當今一流高手，又如此誠懇，以為他真想決一雄雌，不敢輕慢，鄭重落了子。

其標知小松下棋沒有成規，不囿章法，故十分謹慎，小心翼翼拈子放下。

在角上爭奪時，小松著子敏捷，信手以應，不費思索，並能乘間出奇。其標見他果然有異，使出渾身解數，反覆凝思，力圖不為他所窘。

及至中盤，小松著子更加舒展大方，氣勢很足，細密間不失分寸，淋漓盡致向全盤發展。其標縝密布局，採取以靜制動戰略，佯攻而不攻，誘敵深入，妙著連連，亦把小松圍逼得謹慎起來。

書房早燃起了燭火，丫環送來了羹汁，又端來了參湯，其標只抿了口參湯，斂眉凝思，聚神於棋枰。小松已是饑腸轆轆，幾口把羹汁吞了，參湯連勺子都舔個乾淨。

中盤的鏖戰，其標漸漸有些不支，雖竭慮殫思，終猜不透小松莫測的謀略，心中的焦躁如錢江潮般洶湧上來。算計著輸贏，總有一子兩子扳不回來，聽聽已敲五鼓，延宕時間亦不能挽回頹勢，不覺連連逡目一旁的其友。

觀戰的其友無一絲倦意，懷中的叭兒狗早已睡著。其標說溲脹，起身去了廁所。小松顯出了成竹在胸的大度，慵懶地仰在椅背上，閉上了雙眼。

只聽棋子的滾動聲，小松睜開了眼，其友懷中的叭兒狗在棋枰上打滾，黑白棋子散滿了棋盤。不待小松張口，其友已把叭兒狗狠狠摜到地上，罵一聲：不懂事的畜牲，摔死你！

其標回來見此情景，張口結舌說不出話。倒是小松坦然，連說不怕不怕，待我把棋勢恢復，棋局還能記得的，不會亂了紋枰。

其標委頓地坐下，說：不用，今日也晚了。其標看看窗外：不知不覺天都快亮了，坐幾天的車，你也累了，好好休息幾天，改日再弈，還有時間還有時間。

丫環端來返熱的參湯，其標小口抿著，謙謙地說：先生不用陳法，自創新意，棋路大方自然，雋朗高秀，天資超卓不逮常人，後生可畏，今日可領教了。

小松趕忙拱手：先生過謙了，先生功底深厚，著子精嚴凝煉，綺密深沉，擅長不戰而屈人之兵，我是學不來的。才剛著子唐突，沒頭沒腦，冒犯了先生，抱愧抱愧！

還沒來過金陵吧，過幾天要其友陪你逛去，到了我家，不要把我們當外人，找時間我們再弈。其標說完，安頓了小松，和其友回房歇息。

※　※　※

第二日是中秋。

掌燈時分，其標著人邀小松至庭院賞月。

小松見擺滿菜肴醇酒鮮果的石桌旁，坐滿穿綾著羅簪花披金手搖絹扇的女眷，石桌周遭檀香裊裊，外圈四角丫環挑著紅紗燈籠侍著，女眷們相互嘻嘻調笑，嬈嬈娜娜甚是熱鬧。

燭火映著月光，柔柔蜜蜜的香濃軟語在耳際縹緲，小松如進了蟾宮瑤臺，澀澀地邁不動雙腳，不敢近前。

其標拽了他的胳膊讓他傍自己和其友坐下，向妻妾家人介紹了小松。說：平日我最愛交友，善弈的高手是我最鍾意的朋友。不要拘謹，喝了酒，嫦娥姑娘也會飛下來和你成雙捉對呢！

面對眾多美人，小松強不過其標的勸，閉眼端杯喝了口酒。刺鼻的辛辣沿鼻竇直衝腦顱，頓覺天地旋轉眼眶濕潤，喉口似梗了條毛蟲，蠕蠕地刺痛，胸間宛若流進條火繩，貼裡壁燒灼。趕緊夾幾口菜吞下去，才覺好受些。

一陣環佩和衣褶的摩擦聲，踽步輕搖，有個姑娘近至燭光中。小松迷朦著眼細看，那姑娘身著鮫綃輕容花紗外衣，雲髻高聳，姿容婉媚，嬌羞婀娜，近到桌前與眾人施了禮，然後簪步搖釵，坐至一張七弦琴後的凳上，斂首垂眉，不再開口。

小松看那姑娘神情，柔情綽態，媚於語言，滿體透散著誘人的風情，不覺有些痴。其標見小松注意姑娘，說：她是我的養女，叫呂春素。我們只顧喝酒，她彈幾曲為我們助酒。

春素微屏呼吸，右手撫琴，左手撥弦，輕指一搖，長吟的一聲顫弦在指底滑出，蟠蟠曲曲，旋繞了石桌幾圈。姑娘纖指徐徐緩緩地振撥，清越的琴聲，猶若清涼的泉水，澆滅了胸間的燒灼，小松停了箸，凝耳竦聽。

寬緩綽約的弦音過去，琴聲漸漸激昂起來，始如巨石激水，清流飛濺；後似金甲捲地，鐵蹄擂石，庭院中霎時布滿了千軍萬馬。重兵過去，即轉為西北肅殺之聲，蕭瑟蒼涼沉鬱空寂，小松眼前浮出一片火光，彷彿見到死於蘇州兵燹的雙親，不勝哀怨，木木地去摸酒杯，舉至唇邊無心無緒地倒下去。刺灼的燒酒滑過木訥的喉嚨，反覺不出痛，只是顏面被火燎般烤炙得疼痛，心亦擂鼓般敲打。

肅殺之聲逐漸咽了下去，轉而凝重，斷續顯出淒愴悲戾的弦音，悲悲切切嗚嗚咽咽。小松又見著自己衣不蔽體地躑躅於蘇滬之間，設局賭彩，贏幾個小錢，淒風苦雨的，兩行淚早下來了。

弦聲平緩了，猶若小溪流水，涓涓潺潺，姑娘的柔指輕輕在弦上劃動，聲音如抽盡的絨絲，細了，短了；又若柔嫩輕軟的蛛絲，罩在腦中，纏繞不去。豫園博彩，才是小松的轉機。喜博而不善弈的往來商人，願出大價錢與名聲漸大的小松博弈，才有徐其友邀小松來金陵手談的一節。

小松揮袖揩去頰上的淚珠，心緒漸漸平靜。

琴聲終了，春素仍頷首凝眸沉在曲子中。

其標咀嚼根牛蹄筋說：春素姑娘知音知律，吟、猱、綽、注無一不精，先生可飽了耳福！只是琴為天下至和之聲，我聽琴雍雍有鸞鳳和鳴之聲，天上朗朗明月，地上鸞鳳和鳴，該是情意蕩漾之時，為何韓先生潸然淚下，莫不是勾起了傷悲之事？

韓小松咧嘴慘笑了笑：才剛一口酒下去，嗆得淚出。我是不慣酒的，先生好意，下淚也要喝呀！

其標吐出了蹄筋，哈哈直笑：不是不是，我們耳目粗俗，聽不懂春素的琴聲。先生就是相如，春素可是卓文君了，你們倆心有靈犀一點通呀！文君以琴心挑之，夜奔相如，我們有戲看了。

一旁的女眷嘻嘻捂嘴直樂，羞得小松的赤臉更紅，亂搖雙手，就是找不出話。

其標的興上來，吟道：明燭清月秋漸深，幾多情思在琴心。好了，不說了，我們喝酒喝酒，春素再彈再彈。

春素又彈了兩曲，一曲〈秋思〉，一曲〈昭君怨〉。彈完了又唱了首〈鷓鴣天〉。

小松頭暈暈的，扶箸的手微微顫抖，還是聽明了春素唱的後幾句……尋好夢，夢難成，有誰知我此時情。枕前淚共檐前雨，隔個窗兒滴到明。

禁不住妻妾們的勸，其標多喝了幾杯，興致猶高，吩咐丫環去拿了琵琶和簫來，看春素抱了琵琶，要她唱崑曲，自己拿了簫，胡亂謅道：自喜新詞韻更嬌，春素低唱我吹簫。吧。

春素撥了弦，正了音，問：爹要唱個什麼？其標說：就唱個牡丹亭還魂記中驚夢的幾段

春素手彈琵琶，清清嗓，隨舒緩宛轉的音調唱：夢回鶯囀，亂煞年光遍。人立小庭深院。炷盡沉煙，拋殘繡線，恁今春關情似去年。其標停了簫叫聲好，又和了春素琵琶邊吹邊聽她唱：你道翠生生出落的裙衫兒茜，艷晶晶花簪八寶填，可知我常一生兒愛好是天然，恰三春好處無人見。不提防沉魚落雁，鳥驚喧，則怕的羞花閉月花愁顫……

小松只覺頭腦暈眩睜眼不開，春素的唱詞已不能感受，只知曲子纏綿繞人，好似一根花繩把自己緊緊縛住，掙扎不得；又若一顆發芽的種子，在心底茁壯成長，要脹破皮囊，掙出另一個人來。身子輕了，魂兒飛了，玄思散了，漾漾地看那抱琵琶的姑娘，仙人似地向自己飄來。

其標招手喚春素過來傍小松坐下，先碰一杯與春素喝了。春素姑娘又端一杯，對小松說：才剛見先生掉淚，幾首亂曲恐傷了先生的心，受了一杯罰，這一杯，算賠罪。說完喝了。又說：先生也請喝一杯，我心中好受些。

小松在玉艷珠鮮的美人身邊，飛向雲端的玄思遍尋不回，不待她再勸，一杯酒全灑在喉

嚨中。

這一口酒下去，仿佛滾燙的岩石上淋一盆急雨，小松的汗霎時出來了，五臟六腑亦都攪動，酒和著肚中的菜直往上翻，臉變得慘白。

其標看見，知事不好，要春素扶他去房中歇息。

走至半路，小松將肚中的酒菜悉數噴了出來。

回房，春素喚丫環端來熱水，幫他洗了手臉，漱了口。小松一身稀軟，伏身沉沉睡去。

早上醒來，小松見春素歪在一張花梨椅上寐著，身上仍是昨晚衣裳，只是簪釵散亂，臉上掛著倦容，十分不忍。咀嚼昨晚情景，想不透自己能大膽喝那麼多酒，更想不透春素能對自己悉心看顧，用心體貼如同家人。

痴迷盯著春素想一陣，不想此時春素睜開了眼，見小松如此看自己，也不迴避，望小松嫣然一笑，倒把小松嚇一跳，慌亂地站起來，逃出了屋子。

※ ※ ※

早飯過後，其標過來看望小松，說：昨日高興，有些忘形，先生年輕，不會有事吧。

扯了一陣閒話，其標說：我十歲的兒子，不用心讀書，我想讓先生教他弈棋，不知先生能否幫我？小松問：先生何不教他？其標說：你有所不知，家中大小事務全靠我照應，哪顧得教子。讀書已請了先生，空餘時，麻煩先生教他著子，承承我的衣缽。

小松說：先生看得起，只是——其標馬上接過來說：自家孩子哪能不知，成不成器是他的造化，你只管教他，占他幾個時辰，不讓他瘋，倒是正經。小松說：先生老遠把我接來，下完棋我還回去。邋遢骯髒的，我會髒了府裡的空氣。其標說：我是把你當朋友接來，風風雨雨在外，哪天是頭。你只管幫我看著兒子，養足了精神，我們再講弈棋的事。

小松想徐其標一片誠意，也就不再說話。

其標站起來，走至門口，又轉回身，說：我跟春素姑娘說了，她來照顧你。春素是我從小看著長大的姑娘，雖不是親生的，人倒是極伶俐極體貼的。

小松聽了，甚是惶恐，雙手亂搖：這可不敢，我手無縛雞之力，肚無經世之才，廢人一個，哪敢和那如花似玉的姑娘在一起！先生待我好，我心領了。

其標笑笑：你不了解我，我最講義氣，我不幫你，那幫銅臭商人會幫你？只要我有碗飯，就有你一雙筷子。哪有你這麼大的後生不成家的，你看得上春素，就許給你，以後開館授徒也是個安穩的生計。

至晚，春素果然來了。進門把身上的牡丹錦緞斗蓬摘了，露出裡面的寬袖碧羅衫，荷花吳綾褲。下面一雙金蓮，弓彎纖小，腰肢輕亞，過來坐床榻上與小松說話。

小松有些狐疑地問：徐先生果然待我好！春素解釋道：我們老爺，哦，我爹最是愛才的，像你這樣的人才，天下哪尋得到。爹說了，輪到我來服侍你，是我的福分。小松上下打量著青春艷人的春素道：那妳——春素不待他說完，謙卑地說：我身子賤，高攀還來不及呢。小松有些受寵若驚，又有些高興：妳說這話，我擔不起，徐先生會說我無規矩。春素故意說：我回爹去，說你不要我。小松急了，趕忙說：說句玩笑話，我是怕委屈了妳。再說——春素接過來：爹是想多門親戚，到老了，也有個親人陪著下棋呢。小松這才敢承了她的好意，不再推拒：在府中妳規矩著我，我怕說話頂撞了人，對不起徐先生。春素放心了，隔一會，低著頭，臉上綻著紅暈，羞澀地說：不嫌我，到我那住去，這是客房，住不得人。

來到春素房中，淡淡的檀香引人鼻翼，窗外不知哪房的琵琶清音，絲絲縷縷搖曳在耳際，小松看屋內陳設，几案桌椅琵琶，帳幔簾子屏風，字畫古董鏡奩，雕花紫檀床榻上疊著繡有鴛鴦戲水的大紅錦緞被，凡物都透著閨閣的秀致與溫馨。

小松不敢落座，昨晚的酒好似晢回肚中，頭在雲中旋，腳在棉裡飄，滿身遍布螞蟻，裡腔的熱血盡往膚外鑽。

牆上一幅美人酣睡圖，小松湊近去看，見題字是：《史湘雲春睡圖》。只見畫上美人頭枕花瓣，衣衫零亂，臥在山石間酣睡。看那眉目，似蹙非蹙，似顰非顰，似餳非餳，似覷非覷，周身彌散著嬌娜的醉態，甚是撩人。

春素過來故意找話說：先生看這幅畫可是古畫？小松見問，把題跋圖章細看一遍，故作高深地說：看這縑紙色澤暈暗，運筆用皴的手法異於我朝，恐怕是前朝的物件吧！

春素早笑出了聲：下棋先生是高手，哪個敢比！世事可知道的不多。大概先生沒聽說過《石頭記》這本書吧，幾百年前的畫手能畫現今的故事？小松一臉茫然：什麼石頭記珍珠花的，妳講講。春素故意賣弄地說：那是本有名的淫書，盡講些男女之間的情事，好神奇好迷人，老爺重金購得一本，誰也不讓看，我也是聽來的。老爺？小松奇怪。我爹。春素趕緊改口：有時在外應酬，叫慣了嘴。在外應酬？小松更奇怪了。是呀，爹在外應酬，帶了我去，叫人家叫慣了嘴。春素窘窘地答。

燭光下，春素的窘迫，被小松看得百般柔媚；春素掩飾慌亂的神情，讓小松看得異常嬌艷。千種風情，萬般情致，撩撥了小松張揚的情膽，已容不得再說閒話，放膽張開亢奮的情性，擁了春素向床榻走去，急急做了一對鴛鴦。

徐其標名叫宗福的十歲兒子長得虎頭虎腦，小松見他時，他已端坐在書房圓桌的棋枰旁。見他一臉憨相，小松想老實孩子恐怕都有點呆，擔心他學不來棋。

※　※　※

在宗福對面就坐，小松儘量拿出架勢，把一摞棋譜重重頓在桌上，只是搜腸刮肚找不出幾句得體的開場話，乾脆開門見山，從棋枰方寸，縱橫十九路，三百六十一點，執黑執白，對子局讓子局開講。不待講完，小松奇怪宗福從開始就盯著自己的頭髮看，神情原是散的，終究沒有聚起來，就停了話，問：聽懂了？

宗福也不答，只一板一板地說：你頭上有隻虱子。

小松一驚，自進了徐府，裡外早換了個乾淨，晚間在春素床榻上纏綿，錦衾繡枕，還能有髒物在身上！究也是心虛的，在外吃住均愁時，還能有個講究！眼前的小傢伙怕是知道根底，故意揭起傷疤。想想又不對，人家十歲孩子，知道什麼，莫不真有隻虱子。

用手摸摸，宗福說我幫你捉，站起來，不顧小松意願，鬆了辮子，一綹一綹翻撥起來。長長的頭髮盡往臉上蓋，小松覺察不對，捉虱子不在頭皮上下功夫，倒將頭髮扯得縴繩一般，這面訥心詐的小傢伙定在搗鬼。

小松猛然喝道：停下！

那小傢伙早逃出了屋外，隔窗吃吃嗤笑。小松用手去攏頭髮，抓了兩手墨汁，氣得跑去前廳找其標告狀。

正在前廳聽在外收帳的家人報帳的其標，見小松的狼狽，喚身邊的家人：快去找那孽子，找到了打斷他的腿！

宗福還沒找到，裡面已傳來了老太太的話：哪個敢動福孫兒一指頭，看打斷他的爪子！大太太也從裡面一路鬧出來：別人的當親的熱的肉疼，嫡親兒子反倒孽子孽子地罵著，不是你的肉，就打給我看看！

其標已是招架不住，小松見惹出禍來，蔫蔫地溜了出來。

晚上，小松把白天的事說與春素，春素有些責怪地說：以後遇事要長眼睛，不要什麼事就煩我爹，你惹了事，我爹受氣。怕小松受不了，又緩了緩，照實說：大太太原沒孩子，後娶姨媽的孩子好大了，大太太才有宗福。宗福被老太太嬌寵著，只知淘氣。大太太有老太太撐著，我爹也讓她幾分。這話不能在外說去，知道就行。

隔幾日，其標過來說：宗福那暫弛幾天，待他用心了再教。閒來無事，可把下過的棋局想一想，記下來，以後也是個後人學習的譜呀！

小松點頭答應了。

※　※　※

那日說著春素的小腳。

小松的興致極好：我沒讀過《詩經》子曰，不知文人那麼無聊，把女人的繡鞋當酒盞，不嫌它齷齪？春素聽了，不在意地說：我不知道，你如何曉得的？小松漾漾地說：我是聽說書人說的。春素歪著頭看他：那我的鞋你能放酒杯喝鞋酒？小松指著春素的腳：妳的不髒，只是不會喝酒，會喝也喝喝鞋酒。春素笑了：還笑別人，你不一樣。小松認真地說：所愛的就不一樣！春素想了想，說：那就對了那首〈十香詞〉了。什麼石香池？小松不解。都說的是女人的十種香氣，而撩得男人心癢的。春素故意撩他。妳說說，看我心癢不！小松勃勃的興致飆升到了天上。

春素望著小松尋思：大多記不清了，後面有一句好像講小腳的，「鳳靴抛合縫，羅襪卸輕霜，誰將暖白玉，雕出軟鉤香」。小松聽了，馬上贊同：有那麼一點意思，文人到底敏感細致，能品出別一番滋味。像我，吃著魚兒覺不出腥，下棋只知浪戰，下妳也是浪戰，不像妳有那麼多會心。

說完，望春素格格直笑。春素賣著關子：還有一句，我不說，說出來，你不僅會心動，還會身動。小松瞪著眼：說句話能有那麼大作用？我就不信！春素笑了：我去站在門口，你要追我，就去院中站著，看別人看見你敢不！小松搖著手：不用不用，妳說妳說，我不動。

春素把笑含在嘴裡，眉梢眼角都在飛舞，一字一板地念道：「解帶色已戰，觸手心愈茫，那識羅裙內，銷魂別有香」！

小松頓感廣賁猛起之血液聚而急布全身，口枯面燥毛孔擴張滿體脹熱，身下之物亦突怒挺拔顫顫跳躍。為掩飾窘態，小松咽了口口水，趕緊坐下：原只知妳會唱，才知妳真會說話，真讓人招架不住呢。

春素早看出他的窘情，不想撩他太甚，改了口道：我爹囑的寫棋譜之事，上了心？小松說：怎不上心，有時半夜醒來，下過的譜盡在眼前晃，就是沒有定心，寫不來幾字就膩煩，心緒像春天的風箏，愈飛愈扯不住，妳煽起了春風，我還能不飄起！春素正經說道：這個好辦，你著子，我記，行吧。年紀輕輕的，莫為我把日子荒了。

小松不願聽她聒噪，一把將她的小腳攬入懷裡，用手撫玩著：聽說小腳有五式，這些日子盡只忙，沒顧上細看。春素搡他一把：忙什麼忙，無人管你盡只被底忙，還是個五尺漢子！這叫「新月」還是「菱角」？小松舉小腳在眼前端詳：玉筍尖尖嫩，金蓮步步嬌。我聽人說過這樣一句話，「小姐下樓格登登，丫頭下樓撲通通」，像丫環的一雙大腳，就是不好看。春素抽腳抽不回：你知道什麼，小腳一雙，眼淚一缸。我受過的罪，就值你一句話？妳不聽人說，小松仍自顧說：裹小腳，嫁秀才，吃饃饃；裹大腳，嫁瞎子，吃糠菜。

這話一出，春素抓住了把柄：你是秀才？你是富商大賈？你是官宦人家？我憑什麼嫁你，你拿什麼養我！

小松一下怔住了，眼瞪著，說不出話。

小松發怔時，春素抽回了腳，趿上繡鞋，幾步搖至門口，掀開湘妃竹門簾，回頭說：看外面天多好，呆子，不出去玩玩！

※　※　※

來徐府多日，因把心寵在春素身上，小松竟也未到街上很好地玩玩。那日下午，其標備了轎，要其友帶小松出去逛逛。

轎子一徑抬到了秦淮河南門橋，下了轎，小松站河岸望去，河亭上下，畫船歌舫，浮滿江中。畫船上布滿鮮花，艙裡擺著酒宴，有人豁拳喝酒。客人旁坐著服飾艷麗裊裊婷婷花一樣的人兒，席前還有艷嫩姑娘手抱琵琶清喉唱著曲兒。

其友帶小松緣河岸走去，只見水中花船，均為雙槳雙櫓，看那駕船人，能把花船操縱得快慢自如，穩穩滑行。為了取悅客人，船主把篙釘至水底，船就在水面打著旋轉，船幫和船尾激得水珠四濺，掀起層層波浪，看去極有情致。

其友已訂了船，叫了局，邊走邊對小松說：六朝金粉，只剩秦淮一灣水了。自太平軍起事，兵燹十年，一片歡場鋪滿茂草。金陵克復後不幾日，朝廷仿效管仲之開女閭，秦淮河才又夜夜笙歌，宵洵承平，豐昌氣象又如以前了。

船主早在岸邊候著，見其友來，迎上來引至艙中坐下。小松看這船，四面有玻璃窗，能眺望河中往來畫舫，船中廊柱均有人物故事的精細彩繪。艙中能擺下兩桌筵席，桌椅全是紅木花梨嵌大理石的。往彩繪的艙中看去，能見到半句詩，是「流水載佳人，花猶古渡新；葉搖秦代月，枝帶晉時春」。其餘幾句被廊柱和彩燈遮了。

姑娘端了茶來，滿桌的菜肴陸續上來，幾個坐艙姑娘與其友小松見了，其友挑了個肉多浪恣些的坐在身旁，要小松也挑。小松哪見過這陣勢，不好開口，其友指了個十五六的清麗姑娘，姑娘過來貼小松坐下。

姑娘為小松斟酒，身上的脂香直往小松鼻中灌，小松想家中的春素，有些不慣，看其友已摟了姑娘調笑，亦漸漸鬆弛下來。

在蘇州倉板浜就見過往來於閶門、虎邱之間的這種花船，那時小松只有見人猜拳狎妓的份兒，看人家紙醉金迷揮金如土，看嫩腮嬌娜的妓兒眼饞。不想在金陵，自己倒成了伴歌妓喝花酒的主兒，感慨不由不生了出來。

有了上次經驗，其友勸酒，小松只是抿抿，不真咽下去，聽姑娘唱著曲兒，細細品賞眼前美景。

夜深時，腳似踩著棉花的其友擁了姑娘往後艙踉蹌，小松也學了他，與其友隔一道板壁，抱姑娘作一頭歇了。

早上回家，春素酸酸地問：哪去了？小松不便隱瞞，說是去花船上喝了一夜的酒。盡只喝酒了！春素犀利地問。小松不作聲。春素把針裏在棉花裡，說：花船上還有好人？你們男人都一樣！少喝些酒才是正經，你身板兒又不強。

小松見她不認真嗔怪，嚅嚅地說，妳知道就好，只是散散心，以後不去。春素放柔了聲音：那倒不必，想去就去，男人誰不好玩！不要怪我攔你。小松輕鬆了：妳真的不攔？春素點點頭：那還要問！小松來了精神：那我可要叫妳無妒了！春素倒笑了：什麼無妒無妒的，只要不叫我無鹽就行了。什麼無鹽？小松納悶。春素解釋道：古時有個醜女叫無鹽，相貌雖醜，但很有德行，還當了王后，我可比不上。小松笑了：我只叫妳無妒，妳要叫無鹽，天下可沒有美女了。

※　※　※

大半年過去，小松漸漸感覺有些不適。

夜間和春素貼肉的事少了，自己擁著被衾睡去，不向春素伸手。其友邀去秦淮河喝酒，晚間雖還摟個姑娘，卻心昂力劬不能動她，裝醉囫圇到天亮。時間長了，怕姑娘看出破綻笑話，其友來邀，找藉口推託不敢再去。

後來又添了咳嗽，胸腔中似藏了個風箱，稍稍活動就氣喘咳嗽。夜晚的咳嗽讓春素起來好幾次，摸他時，已是虛汗淋淋。

夜晚人靜時，春素曾令小松屏息偃臥，自己袒衣裸身側侍，微微施以手法，欲令他強，終不過在欲行將行之際勉強。

一日，春素拿了個淨瓶，笑吟吟地進來，對小松說：我調了些藥，你吃吃看。

小松看瓶中，有幾十丸綠豆大小的丸藥，問是什麼。春素告訴他：這叫阿肌酥丸，原是黃教喇嘛們用的藥，後供奉宮庭，不知何時又流入了民間。據說能治百病，一日一丸晚間服用，能強身健體，亦能嬉戰持久。

說完，春素搖搖瓶子說：這些，不知要多少銀子呢。

小松當即和水咽下一丸。當晚無話。

連服半月，果見效果，小松歡歡喜喜和春素重做了一對鴛鴦。

※　※　※

一領四人抬綠呢官轎停至其標門前，進來兩個官人，見著徐其標說是請韓先生去曾大人官衙手談。其標奇怪：曾大人如何知曉韓小松住在我處？韓先生近日身子欠佳，能否由我代他去？

官人說：這就不知了，大人只請韓先生去。

其標只得喚小松出來，與官人見了。臨走時，偷偷囑咐小松：曾大人為朝廷立了大功，任了兩江總督，正是權傾一時，炙手可熱之際，去時言語謹慎，不可多說話。又說，曾大人好弈而不工，為屢敗屢戰之將，你去不必太認真，哄他高興就行。

官轎抬至督署，進至廳堂，一位近六十穿便服的老者迎了，彼此寒暄幾句，下人已擺好棋枰，小松不多說話，照曾大人意思，授他九子，執白落了子。

下不幾子，小松覺曾大人著子平常，有意讓他，故不大用心。環視寬敞的廳堂，見壁上掛一書聯，是：「有詩書有田園家風半讀半耕但以箕裘承祖澤；無官守無言責時事不聞不問只將艱鉅付兒曹」。凝思半天省不出味，想身居要職的曾大人何有如此思想。再遠遠地細看那聯上的落款，才知是曾大人手書其父的教誨，心下釋然。

小松雖隨手而應，曾大人畢竟不是對手，漸顯出窘態來，半晌凝思落不下一子，且燥熱得混身奇癢，挪手去扒搔。小松瞥見他露肉的地方，布滿了疥癬，不由一陣惡心。愈是不能落子，曾大人兩手抓搔得愈是利害，竟至半身伏在條案上，抓搔不已。

癬屑飛揚，小松不敢明著躲避，只屏住呼吸，徐徐向外吹氣。侍妾端來兩碗冰糖香蓮汁放案上，飛塵般的膚屑徐落於碗中。小松不去沾碗，曾大人倒不知曉的，端碗喝起來，小松更感惡心，煩躁漸漸盈滿胸間，只想完局，早忘了其標的叮囑，著子凶狠起來。

終盤曾大人也不能翻身，喪氣的大敗，憤憤地推亂了棋枰，起身出了廳堂。再看案上，薄薄地積了一層癬屑，曾大人伏身地方，明明顯出了他的身影。

回來，小松把弈棋過程說與其標，其標連連歎氣，說只怕事情不好。小松亦有些後悔，也無可奈何。

明天，門人通報：曾大人著人送了禮來。

來人見了其標，說曾大人欽佩韓先生的才藝膽色，喜歡他敦厚無忌的性格，昨日匆忙，不能備禮，今日補送來，請韓先生笑納。大人說了，日後再找機會手談，還望韓先生多多賜教！

其標明白曾大人量大，把心放下來。

※　※　※

一日一粒阿肌酥丸吃著，雖療救了小松的隱疾，但口乾舌燥，嘴鼻生癰，頭腦暈眩，咳嗽更加劇了。春素笑他無福消受，小松只咧嘴苦笑，要停了藥。

春素說：不要子嗣就停吧，年紀輕輕的，少個樂趣，做人還有味！小松再不說什麼。

那日，春素對小松說：我們去拜佛，興許能保佑我們呢。小松興趣不大：能有用？春素說：不拜怎知無用？

其標命人備了兩乘轎子，抬小松春素出門。

剛出大門，小松見離大門不遠的街牆下有一堆人圍著，沒在意。後面的春素喚停了轎，著家人前去打看。

家人回來稟了春素，又回身到牆下，小松見家人擠開眾人，揭了牆上貼的帖子回來。在晨風的抖動中，小松看清帖子上寫的是：「呂氏姑娘下口大於上口，徐家兄弟邪人多於正人」。橫批前兩字被家人手臂遮擋，看不清，後兩字是：「當心」。

春素在轎內喊撕了，家人當街撕碎，散了紙屑。街上圍著的人朝這邊指指戳戳。

小松想不知誰與其標兄弟過不去，潑他們的髒水，手段究竟拙劣了些。細想那帖子多少與自己有些關係，不知寫明要誰當心。思前想後，想不明白，心情不由陰鬱下來。

轎子在一座喇嘛廟前停了。

春素笑吟吟的過來扶小松手一同進入寺廟，一路解釋：有些狹邪小人看我們徐家眼紅，編排些故事髒人，有肚量的哪去理那個！

轉過大殿，進入偏殿，小松見供奉的是尊男女裸體相擁相抱的菩薩，很感驚訝。春素在一旁說：這是歡喜佛，也叫歡喜天，男的是金剛，女的稱明妃。不穿衣服喻著脫離塵垢；男女合抱，代表雙修雙煉。男的是方法，女的是智慧，也是方法與智慧雙成的意味。別的菩薩不拜了，這尊菩薩正對你的症，拜不拜呀？

小松見春素已拜了，也晉了香，在拜墊上跪下，磕了頭。

出來，春素說：佛也拜了，願也許了，什麼都會好的。說說，才剛祈的是什麼？小松調皮地說：妳先說，說了我說。春素看看四周，附小松耳邊：說了不要笑我。我祈的是「金剛不倒」！小松轉過頭來，貼她耳朵：不騙我？我求的是「蓮花常鮮」！我們想到一塊了，絕了。

兩人都笑。春素又說：我們各出一聯，就所祈的內容想想，看還能契合不。小松說：聯不聯的我不懂，反正想一句文縐縐的話，對吧，妳先講，講了我跟妳的意思想。

春素沉思了一會，又附在小松耳邊笑著說：「作法妙快金剛杵」。小松一下沒明白，春素笑著又說了一遍。小松聽明白了，也不知如何想出一句，隨口就念出來：「調伏眾生蓮花座」。

兩人相視捂著嘴笑。家人轎夫都看他們。

春素又小聲說：不不，要改一改，不如改為「調伏韓生蓮花座」熨帖。說完，兩人哈哈大笑。小松又趕緊捂了嘴：小聲點，菩薩聽見了。春素已笑彎了腰，也趕緊收了笑，斂了容。

轎夫似也感染了他們的愉快，腳步輕快地走來路回去。

小松見街邊有個測字攤子，乘了輿，叫停了轎，告春素一聲：我去測個字，問問前程。春素在轎內說：聽他瞎說！想阻他已不能了。

看攤的是個六十以外的老人，小松寫了個「碁」字在紙上，老者問：問什麼？小松告他問終身。老者端詳了「碁」字一會，說：其字下著石為圍棋之碁，其字下加木為象棋之棊。揣度這兩字，我看先生雖文弱，但不像讀書人，先生應當是個棋手。碁、棊兩字均為棋字的異體，如此推來，先生的棋術異於常人，不是等閒之輩。

老者細看了看小松，接著說：然問終身，恐有不吉。石木兩字均在其字胯下，為其所挾，先生有寄人籬下之象。況且，石有否字形，木有歿字音，均為不祥。否為閉塞不通，易曰，「天地不交，否」；象曰，「否，不利君子」，有泰極否來之徵。如持驕邀寵，不知進退，怕有不測，望先生以德行約束自己，知止則止，捐棄浮華，回歸本真，以避災禍。餘言不說了，希先生好自珍重！

小松聽了，似有塊髒布堵在胸中，悒悒不快。回家暗地問了揭帖子的家人，知那橫批是「韓生當心」四字，心情從此沉重起來。想離了徐府再去漂泊，想想錦衣美食，想想春素姑娘，實在割捨不下。老者的話雖在肚中，畢竟玄虛遙遠，不能當真。

糊塗日子，又一日日過去。

※ ※ ※

轉年秋天，小松的病沉重了，其標延請金陵的名醫金先生來看。金先生診了脈出來，問其標：先生平日也用些藥吧？其標說：藥不敢亂用，吉林參倒是常給他吃的，因見他身板薄弱，一慣注意的。

金先生說：依我主意，應當以泄代補，說明白點，應先泄後補。從脈象看，此人慾望太過，致使氣阻血塞，外症表現為脾腎雙虛，須用藥泄其鬱氣，去除瘀積，虛症不除，是萬萬不能進補的。現在進補吉林大參，補是夠補的了，只怕是越補越僵，更怕雪上加霜，後果不堪設想。

其標說：先生所言極是，年輕人平日放浪些，不注意收斂，致使陰陽失和，虛癆纏身。但先生要以藥泄，倒不如我多施些規勸，常加指點，去除他的肉慾心魔，讓他平心斂氣，自覺調節陰陽。待他瘀鬱盡除，再進補不遲。先生儘管開藥方，我們注意就是了。

金先生說：先生所言不是沒有道理，藥治不如心療。要都如先生說的，還要我們醫生幹什麼！敢問一句，這小先生與先生是什麼關係？其標說：他是我兒子。

金先生知其標多少懂些醫理，病人又是他兒子，不致亂來，雖不完全放心，也不多說了。開了藥方，再三再四囑咐，一定要待他瘀鬱散盡後，方可服用。

第二日，其標著人持了金醫生藥方，去藥鋪抓藥，令春素一日兩次熬了看小松服用。

※　　※　　※

來了四五個生意上的朋友，其標在外面叫了幾個姑娘，在家中開了個堂會，因說到弈棋上面，其標把小松叫來陪客。

姑娘在一旁唱著曲子，其標與客人豁拳喝酒，煞是熱鬧。其中三人喝多了，拽著小松要求一博，被其標攔了：要弈我來，你們三人同上都行。韓先生棋藝在我之上，可惜身子還在藥中，不能勉強。

那三人不依不饒：徐先生的棋藝早就領教過了，韓先生真有那麼利害？還有超過徐先生的國手？我就不信，今天真要見識見識！

小松雖沒喝酒，聽說弈棋，精神來了。閒日呆著，偶爾與春素下些不痛不癢之棋，手心早癢。客人出言不遜，心窩中躥上一股火，聽說他們三人同上，那股火騰得更高，胸腔要炸了般，不聽其標的勸，嚷著拿棋來。

撤了宴席，賞了姑娘，廳堂中擺下三張棋枰，小松歪在臥榻上，授了每人三子，擺開了局。

每著一子，小松還可閉眼休息一會，春素在一旁送湯遞藥，甚是勤謹。只是到了後來，三名對手著子時間愈拉愈長，小松在臥榻上已是不耐，坐不是，躺不是，棋局還不過半，五更過去，天已大亮。

圍侍在身邊的春素及丫環，早已東倒西歪，不成人形。因事先講好一貫到底至終局，小松雖無倦意，但體力消耗極大，著子的手已綿軟無力。三名弈手亦無倦意，木頭人樣釘在棋枰旁，其標其友精神也旺，面容嚴肅地認真觀戰。

一個白天過去了。

晚上三更時分，小松劇烈咳嗽起來。

三張棋枰上的棋勢大致已見分曉，計算子目，小松均在他們之上。

小松自感心力益劬，氣漸漸短了，雖有人參燕窩在旁侍候，終不濟事。不至終盤，三個棋手不肯認輸，小松硬硬地挺著。忽覺喉間一股腥熱衝上來，「哇」的一聲，一口鮮血噴了出來，小松重重倒在了臥榻上。

後來幾天，其標遍延金陵名醫，服藥無數，均無力回天，韓小松以十九歲年紀撒手人寰。徐其標厚殮了他，送他至鐘山自家墳塋葬埋了。

※　※　※

春天，徐其標納呂春素為第七房小妾。半年後，呂春素因小產流血，不治而亡。

庚午年間，徐其標刊行《弈理旨歸》。有人於字裡行間，發現深沉練達棋風中，藏有自然高妙之著，不似老徐風格，疑為剽竊韓小松棋勢，究無實據，認真計較不起來。

自韓小松死後，徐其標稱國手三十年，天下無有敵者。

刺馬

楔子

過往的事實，被我們稱為了歷史。沒有文字之前，只有傳說留傳下來。傳說不能被歷史學家確認為歷史。有了文字，寫進史書的文字，被歷史學家視為了正史，而大量的稗官野史被排斥在正統的歷史之外，也不能為歷史學家所確認。這麼一來，過往的事實，只能寫進正史才算歷史。而正史就是真正的歷史？

什麼是過往的事實，什麼是歷史，暫不去說它，我們所能看到的歷史，只能是前人留下的文字。同一件事，從不同的角度觀察，用不同心態對待，即便是採取最客觀的記載，也是千差萬別，大相逕庭了。

張汶祥刺殺兩江總督馬新貽，是發生在一百多年前轟動社會的大新聞，也是清末四大奇案之一。案發之後，辦案大臣的奏摺與社會輿論簡直成了不相同的兩碼事。

刺馬的事實，除了通過時光隧道才能了解之外，已別無他法！這段歷史，正統的史書，和街談巷語、道聽塗說的野史均有詳實記載。和裝腔作勢的正史相比，野史免不了有訛傳，有挾恩怨的文字，但它看事實比較分明。假如我們把刺馬的這些文字組合起來，可能也算得上一篇小說，或是寫小說的材料。

刺馬

清同治九年（公元一八七〇年）七月二十六日上午，兩江總督馬新貽從校場閱兵完畢，步行回總督衙門。當時的兩江指江蘇、安徽、江西三省，總督兼職文武，馬新貽手握三省軍政大權，煞是威風。

原來建在南京的總督衙門，太平天國時改為天王府，太平軍失敗，天王府被清軍焚毀。馬新貽由浙江巡撫調升兩江總督時，總督衙門尚未修復，就以江寧府衙門作為總督衙門。總督閱兵雖是每月慣例，但也是轟動全城的一件大典，看的人自是人山人海。夾道觀看馬新貽回署的路上也擠滿了人，都想看看這個封疆大吏的威儀。

前有衛兵開道，左右有衛兵護擁，後有隨員和親兵跟隨，馬新貽身著黼黻袍套，戴翎頂朝珠，邁著靴步大搖大擺地過來了。正在這時，從人叢中站出來一個人，跪在道邊攔住了馬新貽，馬新貽一看，是他熟識的山東同鄉，武生王成鎮。王成鎮這次仍是請求馬新貽幫助旅費的，馬新貽問明情況，生氣地說：已經兩次幫你了，如何又來！

正說話間，只聽得另一人一邊呼冤，一邊貼近了馬新貽。當馬新貽身邊的護兵沒有明白過來之時，這人左手抓住馬新貽的衣服，右手拔刀向馬新貽的右肋猛力刺去。

刺殺馬新貽的，是河南陽縣人張汶祥。

刺馬的細節，各種資料的描述不盡相同。

馬新貽被刺後，看清了刺客，說：是你呀！然後對左右的護兵說：不要難為他！說完就倒地了。

馬新貽被刺後，大聲說：扎著了！左右隨員大多為南方人，聽不明白馬新貽的山東話，誤聽為：找著了！因此懷疑二人本相識，復仇之說由此開端。

張汶祥刺馬後，並不逃跑，也不反抗，只高聲叫道：刺客就是我張汶祥。一人做事一人當，我並無同夥，你們不要胡亂抓人！我大事已成，非常高興，我跟你們走！

馬新貽被刺後，傷勢很重，被親兵抬進了府衙，雖經救治，第二天死亡。

眾目睽睽，光天化日之下，張汶祥隻身刺馬成功。

緣由

案發後，清廷十分重視，一再嚴旨查明「何人主使」、「因何起意行凶」。半年之後，即同治十年正月，朝廷派出的審案大臣，刑部尚書鄭敦謹、兩江總督曾國藩結束了對刺馬案的審訊，向朝廷上報的奏摺中，對張汶祥刺殺馬新貽的緣由進行了闡述。

道光二十九年，張汶祥隻身前往寧波做生意，認識了同鄉羅法善，娶羅法善的女兒羅氏為妻，生有一子二女。咸豐年間，張汶祥在寧波開小押店（典當舖）謀生。咸豐十一年十一月，太平軍準備進攻寧波，張汶祥將衣物銀兩並洋錢數百元裝入箱內，交給羅氏帶子女出城避亂，他與夥計陳養和在店內看守。太平軍攻陷寧波後，因張汶祥認識任太平軍後營護軍的陳世濰，得到他的保護，店門貼有護軍告條一張，得免搶掠。後來陳世濰帶張汶祥攻打諸暨縣包村，陳世濰戰死，張汶祥投奔太平軍侍王李世賢麾下，任後營護軍，轉戰江西、安徽、廣東、福建等省。

同治三年九月，太平軍攻陷漳洲，虜獲清軍將領時金彪，張汶祥問明時金彪為同鄉，就代為求情免了他的死罪。時金彪留在太平軍中。這時，太平天國的天京已經陷落，天王也已病故，張汶祥有心脫離太平軍，就與時金彪商議逃出對策，同治三年十二月間一同逃了出來。

同治四年春天，時金彪經人推薦，投入浙江巡撫馬新貽署中當差，張汶祥在福州投入清軍當勇（地方臨時招募的兵卒），沒幹多久，張汶祥回到寧波。

回寧波後，張汶祥知道妻子羅氏已跟了個叫吳炳燮的男人，銀錢被其騙去，遂告至縣衙，縣衙斷張汶祥領回羅氏，但錢財因無證據無法斷案追回。張汶祥生活無著，向朋友王老四等人求助，王老四轉托龍啟澐等人給予張汶祥幫助錢財，開小押店謀生。

龍啟澐當時為浙江一帶海盜，張汶祥以小押店代為銷贓。後來與龍啟澐等人漸混漸熟，也與他們同船出海到定海一帶搶掠，但未得手。後龍啟澐投入大股海盜之中，張汶祥仍回寧波生活。

同治五年正月，任浙江巡撫的馬新貽來寧波巡視時，張汶祥攔轎呈狀，告吳炳燮陷其銀兩，意欲依靠巡撫的判決，索回銀兩。馬新貽認為事情細小，擲回呈狀沒有理睬。吳炳燮聽說此事，更為得意，在別人面前譏笑張汶祥，並勾引羅氏逃走。張汶祥把狀紙告到府裡，追回了羅氏。張汶祥氣憤已極，逼令羅氏自殺。

張汶祥當時說：馬新貽不為我追贓，使我妻子小看我，所以殺我妻子的人，是馬新貽。

後來張汶祥與龍啟澐、王老四等人在小酒館相會，張汶祥將一肚子苦水向其傾訴。龍啟澐告訴張汶祥，以前所投的大股海盜，因馬新貽派兵捕殺，大半被殺，只他們得幸逃回。龍啟澐等人用激將法誇張汶祥講朋友義氣，可為自己和大家報私仇公仇。張汶祥趁了酒也答應遇機會下手。

同治六年，張汶祥聽說原來的夥計陳養和在湖州新市做生意，即找到他，與他同開小押舖。開小押舖當時是被巡撫馬新貽禁止的，張汶祥不敢大肆鋪張，只能偷偷小做。因是私開，遭到當地流氓屢屢訛詐，導致本利俱虧。張汶祥對馬新貽的忿恨更加深重。

這期間，張汶祥去杭州找過在馬新貽署中當差的時金彪，想求他託人找份差事，時金彪藉故推託了。馬新貽調任兩江總督，張汶祥又去南京找時金彪，但時金彪已隨某大員進京公幹。張汶祥看到督署牆上貼有每月二十五日考課武弁榜文，心中定下刺殺馬新貽的計劃，並於同治八年九月二十五日，親眼見過了馬新貽閱操畢步行回署的全過程。當時考慮防衛森嚴，且天氣轉冷，有棉衣護體，不便下手，決定明年夏天再圖下手。

同治九年七月二十五日，張汶祥早在等候，但因天雨，改遲一天，到二十六日，馬新貽下操回來，張汶祥刺馬成功。

這就是張汶祥「私開小押，代賊銷贓，復隨髮逆打仗，竄擾數省，浙江海盜，挾仇報復」的刺馬緣由。

另一種說法是馬新貽「漁色負友」，張汶祥為友復仇。這在《清稗類鈔》、《清鑒綱目》、《清朝野史大觀》、《南園叢稿》、《天放樓續文言》等書中有記載，內容大同小異，幾乎眾口一詞。

馬新貽是山東菏澤人，以進士即用知縣，分發安徽，與捻軍打仗失敗而被革職，後受安徽巡撫唐某的委託到廬州訓諫各鄉團練，在一次與捻軍交戰時，被張汶祥俘獲。張汶祥有歸順朝廷之心，對俘將馬新貽優待有加，向他介紹了自己的朋友曹二虎、石錦標與馬新貽結納，四人拜為金蘭兄弟。

張汶祥把馬新貽放回去以後，馬新貽說動唐巡撫，招降了張汶祥的部隊，設山字二營由馬新貽統領，張、曹、石均為營哨官。

同治四年，馬新貽升任安徽布政使時，搬駐省城，山字營被裁減遣散，但張、曹、石均隨馬新貽赴藩司任所，並被安排了差使。此時雖然四兄弟仍在一處，但張汶祥察知馬新貽「大有不屑同群之意」，待他們遠不如以前了。

不久，曹二虎的妻子來見曹二虎，居住在藩司署內。張汶祥曾勸說曹二虎，不要把眷屬接來，曹二虎不聽。

曹妻住進來不久，馬新貽艷羨曹妻貌美，就引誘她有了姦情。馬新貽礙於曹二虎在眼皮下，使他們行事不暢，「遂使曹頻出短差」。

馬新貽與曹妻的姦情漸漸被眾人知道，張汶祥把此事告訴曹二虎，但他不相信，後來聽眾人議論，才怒不可遏，想把妻子殺掉，被張汶祥制止。張汶祥說：殺姦須雙，如只殺妻，沒有證據，會要抵罪的。不如趁馬新貽喜歡她時，做個人情送給他算了，也算盡了兄弟情分。曹二虎考慮後，同意了。

以後找個機會把意思給馬新貽說了，不料馬新貽一聽就火了，大罵曹二虎糟踐他，曹二虎討了個沒趣。曹二虎把情況說與張汶祥，張汶祥說：我們的災禍不會太遠了，不如趁還沒有事之前速速離去。曹二虎、石錦標猶疑不決。

有一天，馬新貽令曹二虎去壽春鎮徐總兵處領軍火，曹二虎不知有詐，領命去了。張汶祥起了疑心，對石錦標說：曹二虎這次去，只怕有不測，我和你送送他，以防路上有行刺之人。

三人同到了壽春鎮，倒沒有事，石錦標譏笑張汶祥多疑，張汶祥只怪自己多慮，有悵然之感。

曹二虎進營投文謁見之後，忽見中軍官持令箭呼喝：綁下通匪賊曹二虎！曹二虎大驚失色。這時，徐總兵身著戎裝出現在他面前，曹二虎大聲呼冤。徐總兵說：馬大人命你動身後，即有人告你勾通捻匪，想以軍火接濟他們，現已有文牘至，令我們馬上對你處以軍法，你還有什麼可說的？隨即把曹二虎斬了。

曹二虎之死，張汶祥跌足大哭一場，他痛感馬新貽手段陰狠，與石錦標商議報仇，但石錦標默不作聲。張汶祥知石錦標無心報仇，悲歎地說：你不是我的兄弟，你不報仇，我一個人也要去！

張、石二人收了曹二虎的屍首，草草埋葬了，從此兄弟二人分了手。

曹二虎被殺後，張汶祥跟蹤馬新貽多年，因找不到合適機會，一直未能下手。

馬新貽被刺身亡後幾天，他署中一位小妾自殺身亡，眾人未用棺材裝殮她，偷偷埋在了後園。這個小妾就是曹二虎的妻子。

石錦標後來投奔至山西臬司李慶翺麾下，任李的參將。張汶祥刺馬後，說出了實情，牽扯了石錦標。當兩江總督的關文到山西逮石錦標去南京對質時，李慶翺統領水陸各師駐軍河津縣，石錦標正奉命稽查黃河各營水師，十一營的水師軍官設宴招待，石錦標正是酒酣耳熱之際。

熬審

清廷對於「總督衙署重地，竟有凶犯膽敢持刀行刺」，極為震驚，先是嚴諭江寧將軍魁玉「督飭司道各官，設法熬審，將因何行刺緣由，有無主使情事，一一審出，據實奏聞」。但魁玉等人並未將實情明奏。清廷於九月又派出漕運總督張之萬「迅速赴寧」，會同魁玉熬審。時間拖至十二月，離案發時間已有五月之久，張之萬迭次上奏均說：雖「連日熬審」，張汶祥「堅不吐實」。清廷又派「老成宿望」的直隸總督曾國藩從天津調往南京充任兩江總督，「著即會同魁玉、張之萬，督飭承審各員，趕緊切嚴訊究，以期水落石出」。

「老成練達」的曾國藩，接到了上諭回調兩江總督，很感突然，他深知要把刺馬案查個水落石出，斷不可能。八月三日接到回調上諭，八月七日他就上摺以衰病為由，「惟有避位讓賢」，請朝廷「另簡賢能」，並「再行請開大學士之缺，專心調理」。

曾國藩的理由確實是真實的，他「右目久經無光，左目亦日加昏眵」，目疾已使他「往來文件，難以細閱，幕僚擬稿，難以核改」。更兼「衰疾日甚」，他深感一日不如一日，不敢辜負浩蕩皇恩。

朝廷並沒有接受他的請求，除下諭表揚他「在江南多年，情況熟悉，措置咸宜」外，所謂「另簡賢能」的想法，「著毋庸議」。命他「即行前赴兩江總督之任」！

看看推不託，曾國藩又生一計。九月十六日，他上摺要求西太后陛見，「伏乞皇太后皇上聖鑒訓示」，實際上是想探西太后的底。

九月二十六日，曾國藩在紫禁城養心殿受到西太后的接見。西太后除問問曾國藩的病之外，對刺馬案只說了兩句話，一句是「馬新貽這事豈不甚奇」？另一句是「馬新貽辦事很好」！短暫的會見，曾國藩探著老佛爺的心思了。

十月九日，西太后又召見曾國藩，催他：「江南的事要緊，望你早些兒去」。曾國藩口裡答著「即日速去，不敢耽擱」。實際上他又拖了將近兩個月，才到金陵接印視事。

曾國藩在赴任途中，朝廷又派出欽差大臣、刑部尚書鄭敦謹，火速「馳驛前往江寧，會同曾國藩將全案人證詳細研鞫，究出實在情形，從嚴懲辦，以申國法」。

張汶祥刺馬後，自動就縛，司道府縣官員齊集，在上元縣衙進行訊問。張汶祥在大堂之上原原本本，如數家珍，把刺馬的緣由說了一遍，因牽扯了「貴臣陰事」，揭露了大員的「幃簿淫媟」，司道府縣的官吏面面相覷，相對愕眙，「莫敢錄供通詳」。

張汶祥是條硬漢，言語也很風趣，當問及誰叫他行刺時，張汶祥答：將軍要我行刺的。

問將軍在哪裡，你認識嗎?張答：將軍就在我家旁邊，我不認識他。在場的官吏一再追問，張汶祥才告訴他們，行刺前，曾前往住的巷口石將軍廟叩問動手能否成功，當意會到石將軍的肯定後，才去校場行刺。張汶祥把話說完，那些官吏才把驚魂平定下來。

張汶祥在行刺前，準備了「精鋼製」的兩把匕首，並用毒藥塗抹，每天夜深人靜時，疊四五層牛皮用力去刺，剛開始時刀不能入，堅持鍛練兩年，五層牛皮一刀就能洞穿。

司道府縣官吏把張汶祥的說法稟報藩司梅啟照，梅說「此官場體面所關也，不便直敘，當使改供江浙海盜，挾仇報復」。因馬新貽對浙江海盜進行大肆殺戮，朝廷是知道的。

後來採取了「種種酷刑，逼令改供」，「業經熬審二十餘天之間，該犯屢次絕食，奄奄垂斃」。既便受此酷刑，張汶祥堅不改供。

張汶祥不改供，屢位大員的奏摺就一直含糊其辭，不敢明奏。其實，朝廷也明知「此案頗有傳聞」，「謠傳必多」，屢次更換審案大員，縱容他們掩蓋事實真相，想使馬新貽壯烈、崇高起來，保住清廷顏面。

曾國藩抵南京接印履任之時，魁玉、張之萬結案的奏摺已遞上去了，曾國藩尋求的正是這個時機，故對案件的審理，不過做做樣子而已。他和鄭尚書會審時，「將首犯等十八人點名一過，並未問供」，就草草收場。這是同治十年正月二十七日之事。正月二十九日他和鄭尚書

「仍照原擬」的奏摺，就派使送往京城，鄭尚書旋即回京復命去了。

曾國藩、鄭敦謹奏摺中稱：「經臣等督飭司委各員，將張汶祥熬審二十餘日，該犯堅供如前，證之案內各犯，亦不能供有別情，是該犯供詞，尚屬可信」。

實則奏摺中漏洞百出，如摺中所說的海盜龍啟澐、王老四等人，當時並未拿獲，張汶祥與龍、王的交往無龍、王等人的口供作為質對，這個關鍵點沒有人證，所謂海盜復仇，就是子虛烏有。

只可惜皇太后皇上無意「聖鑒」此處漏洞。如此奏摺，不知老成練達的曾國藩是如何厚著臉皮擬定的。

結案

對張汶祥的判決，「若按謀殺制使律，擬斬」。因「該犯曾隨髮逆打仗，又敢刺害兼圻大員，窮凶極惡。誠如聖諭，實屬情同叛逆，自應按謀反大逆律問擬」，即：「明正典刑，凌遲處死，並於馬新貽靈柩前，摘心致祭，以儆凶頑，而慰忠魂」。

張汶祥十二歲的兒子，解內務府閹割，發往新疆給官兵為奴。

受到牽連的時金彪，革去把總官職，發近邊充軍。

其他如容留張汶祥在南京住店的無辜百姓，亦受到不同程度的處罰。護衛馬新貽的官軍，因失職，大多降級調用。

執行監斬的，是浙江候補知縣、馬新貽之弟馬四。馬四命劊子手以鉤鉤肉，自辰至未碎割了張汶祥，然後剖腹挖心向馬新貽的靈柩致祭。整個行刑過程，張汶祥未哼一聲。

案定之後，與鄭敦謹同來的刑部漢郎中顏士璋，棄官而歸。有傳聞說鄭尚書心敬張汶祥的俠義行為，想減輕他的罪責，但遭到曾國藩的拒絕，後稱病離任。

曾國藩在同治十年二月二十四日，上摺奏請為馬新貽在山東荷澤老家建立專祠。曾國藩在兩江總督任上一年，就病亡了。

馬四的行徑，受到世人的唾棄，為人所不齒，連他的上級也不禮遇他，後鬱鬱而死。

馬新貽歸葬後幾年，荷澤發水，墳墓為大水沖塌。

張之萬在奉命自淮來寧審理刺馬案時，有一日船泊瓜洲，想登岸如廁，張當時已是驚弓之鳥，令二百名兵勇持械圍護，才出完恭。

魁玉後調至成都任將軍，一日發脾氣，訓誡他的材官中有淫行者說：馬制臺就是為女人喪的命！

《清鑑綱目》卷十二有一則議論：「汶祥一刺震動天下，而其端乃由於帷薄之私。滿清官場之腐敗，在中興時已如此，又何怪其滅亡之速耶！」

同治九年為庚午鄉試之年，七月下旬正是安徽、江蘇錄遺（生員參加科考未取或未參加者，在鄉試前再補考一次，經過錄遺者，即可參加鄉試）極忙之時。安徽學使殷兆鏞考貢監場，出的題目是：「若刺褐夫」（句出《孟子・公孫丑上》：視刺萬乘之君，若刺褐夫）。生員們頓時嘩然，相率請示如何領題。殷兆鏞沉吟良久，不慍不火地回答：不用領題，不用領題。

第二日補考，題目是：「傷人乎」（句出《孟子・公孫丑上》：矢人惟恐不傷人）。

治學嚴謹的一代學人王闓運在日記中坦直地寫道：「無若鄭尚書屈殺張汶祥也！」

當時上海戲院編出《張汶祥刺馬》曲本，被上海道涂宗瀛禁止。

安徽巡撫喬勤慤有七律詠其事，末二句為：「群公章奏分明在，不及歌場獨寫真。」

張相文在他的《南園叢稿》中說：「其後讀諸家記載，則言人人殊，莫衷一是。然較而論之，大抵出於社會者，皆與翁（當時任上元縣小吏，為張汶祥錄過口供，姓胡，張相文聽他說過張汶祥事）言合；出於官家者，皆與奏章合，所謂官樣文章者乎？嗚呼！弟以官樣文章論人，此二十四史中所言多誣罔，而不可盡信也夫。」

張汶祥墓，在幕府山南小營，江南提督李世忠為之樹碑，大書「義友張汶祥之墓」。

尾聲

近日翻看報紙，在不顯眼的位置，有一則車禍的報導。一輛載滿旅客的公共汽車，在公路橋上行駛，因躲對面超速行駛的一輛轎車，緊急剎車，但路面已經冰凍，太滑，車剎不住，撞爛橋護欄，翻入橋下，死亡十人。

報紙的報導，再簡潔不過了，只有時間地點和簡單的過程。在這之前，對這起車禍，已有耳聞，是由目睹了這起車禍的朋友說起的。

他說得繪聲繪色，描繪得最多的是那些受傷人的慘狀和死亡旅客攤在地上的各種姿勢，血淋淋的淒淒慘慘一片。救護車很久才來，說故事的朋友參加了救護，他對醫院堅持先收錢再救人的做法印象深刻。說到此時仍唏唏噓噓直搖頭，忿忿不已。

聽到傳聞之後，注意收聽了廣播，廣播的消息更簡潔，只說某時某地發生了車禍，傷亡情況暫不清楚，搶救工作正在進行，事故的原因正在調查中。

到晚上，在電視新聞中看到了車禍現場，看到了撞爛的橋欄和翻倒的汽車，已看不到血淋淋的場面了。畫面很快就轉到了醫院，給了受傷旅客幾個短暫的鏡頭，更多的是留給了去醫院看望慰問傷員的各級領導。

晝外解說醫院開展了全面救治工作，傷員可望早日康復。事故的原因正在調查，死者的善後工作各有關部門正在進行中。市領導已採取了安全防範措施，保證春節期間的行車安全云云。

這則車禍之後，又連著出了幾起車禍，前一起車禍就被後幾起車禍淹沒了。新的一頁翻過去了，第一起車禍就成了歷史，除朋友活靈活現描繪的車禍場景和慘狀還偶爾能回憶起外，其餘的，很快就忘卻了。

三民叢刊書目

①邁向已開發國家　孫　震著
②經濟發展啟示錄　于宗先著
③中國文學講話　王更生著
④紅樓夢新解　潘重規著
⑤紅樓夢新辨　潘重規著
⑥自由與權威　周陽山著
⑦勇往直前　石永貴著
・傳播經營札記
⑧細微的一炷香　劉紹銘著
⑨文與情　琦　君著
⑩在我們的時代　周志文著
⑪中央社的故事（上）　周培敬著
・民國二十一年至六十一年
⑫中央社的故事（下）　周培敬著
・民國二十一年至六十一年
⑬梭羅與中國　陳長房著
⑭時代邊緣之聲　龔鵬程著
⑮紅學六十年　潘重規著
⑯解咒與立法　勞思光著
⑰對不起，借過一下　水　晶著
⑱解體分裂的年代　楊　渡著
⑲德國在那裏？（政治、經濟）　郭恆鈺、許琳菲等著
・聯邦德國四十年
⑳德國在那裏？（文化、統一）　郭恆鈺、許琳菲等著
・聯邦德國四十年
㉑浮生九四　蘇雪林著
・雪林回憶錄
㉒海天集　莊信正著
㉓日本式心靈　李永熾著
・文化與社會散論
㉔臺灣文學風貌　李瑞騰著
㉕干儛集　黃翰荻著

㉖作家與作品　謝冰瑩著
㉗冰瑩書信　謝冰瑩著
㉘冰瑩遊記　謝冰瑩著
㉙冰瑩憶往　謝冰瑩著
㉚冰瑩懷舊　謝冰瑩著
㉛與世界文壇對話　鄭樹森著
㉜捉狂下的興嘆　南方朔著
㉝猶記風吹水上鱗
・錢穆與現代中國學術　余英時著
㉞形象與言語
・西方現代藝術評論文集　李明明著
㉟紅學論集　潘重規著
㊱憂鬱與狂熱　孫瑋芒著
㊲黃昏過客　沙　究著
㊳帶詩蹺課去　徐望雲著
㊴走出銅像國　龔鵬程著
㊵伴我半世紀的那把琴　鄧昌國著
㊶深層思考與思考深層
・轉型期國際政治的觀察　劉必榮著
㊷瞬　間　周志文著

㊸兩岸迷宮遊戲　楊　渡著
㊹德國問題與歐洲秩序　彭滂沱著
㊺文學關懷　李瑞騰著
㊻未能忘情　劉紹銘著
㊼發展路上艱難多　孫　震著
㊽胡適叢論　周質平著
㊾水與水神
・中國的民俗與人文　王孝廉著
㊿由英雄的人到人的泯滅
・法國當代文學論集　金恆杰著
51重商主義的窘境　賴建誠著
52中國文化與現代變遷　余英時著
53橡溪雜拾　思　果著
54統一後的德國　郭恆鈺主編
55愛廬談文學　黃永武著
56南十字星座　呂大明著
57重疊的足跡　韓　秀著
58書鄉長短調　黃碧端著
59愛情・仇恨・政治
・漢姆雷特專論及其他　朱立民著

⑥⓪蝴蝶球傳奇　顏匯增著
・真實與虛構
⑥①文化啓示錄　南方朔著
⑥②日本這個國家　章陸著
⑥③在沉寂與鼎沸之間　黃碧端著
⑥④民主與兩岸動向　余英時著
⑥⑤靈魂的按摩　劉紹銘著
⑥⑥迎向眾聲　向陽著
・八〇年代臺灣文化情境觀察
⑥⑦蛻變中的臺灣經濟　于宗先著
⑥⑧從現代到當代　鄭樹森著
⑥⑨嚴肅的遊戲　楊錦郁著
・當代文藝訪談錄
⑦⓪甜鹹酸梅　向明著
⑦①楓香　黃國彬著
⑦②日本深層　齊濤著
⑦③美麗的負荷　封德屏著
⑦④現代文明的隱者　周陽山著
⑦⑤煙火與噴泉　白靈著

⑦⑥七十浮跡　項退結著
・生活體驗與思考
⑦⑦永恆的彩虹　小民著
⑦⑧情繫一環　梁錫華著
⑦⑨遠山一抹　思果著
⑧⓪尋找希望的星空　呂大明著
⑧①領養一株雲杉　黃文範著
⑧②浮世情懷　劉安諾著
⑧③天涯長青　趙淑俠著
⑧④文學札記　黃國彬著
⑧⑤訪草（第一卷）　陳冠學著
⑧⑥藍色的斷想　陳冠學著
・孤獨者隨想錄
A・B・C全卷
⑧⑦追不回的永恆　彭歌著
⑧⑧紫水晶戒指　小民著
⑧⑨心路的嬉逐　劉延湘著
⑨⓪情書外一章　韓秀著
⑨①情到深處　簡宛著
⑨②父女對話　陳冠學著

(93) 陳冲前傳　嚴歌苓著
(94) 面壁笑人類　祖　慰著
(95) 不老的詩心　夏鐵肩著
(96) 雲霧之國　合山　究著
(97) 北京城不是一天造成的　喜　樂著
(98) 兩城憶往　楊孔鑫著
(99) 詩情與俠骨　莊　因著
(100) 文化脈動　張　錯著
(101) 桑樹下　繆天華著
(102) 牛頓來訪　石家興著
(103) 深情回眸　鮑曉暉著
(104) 新詩補給站　渡　也著
(105) 鳳凰遊　李元洛著
(106) 文學人語　高大鵬著
(107) 養狗政治學　鄭赤琰著
(108) 烟　塵　姜　穆著
(109) 河　宴　鍾怡雯著
(110) 滬上春秋　章念馳著
(111) 愛廬談心事　黃永武著
(112) 吹不散的人影　高大鵬著
(113) 草鞋權貴　嚴歌苓著
(114) 是我們改變了世界　張　放著
(115) 夢裡有隻小小船　夏小舟著
(116) 狂歡與破碎　林幸謙著
(117) 哲學思考漫步　劉述先著
(118) 說　涼　水　晶著
(119) 紅樓鐘聲　王熙元著
(120) 寒冬聽天方夜譚　保　真著
(121) 儒林新誌　周質平著
(122) 流水無歸程　白　樺著
(123) 偷窺天國　劉紹銘著
(124) 倒淌河　嚴歌苓著
(125) 尋覓畫家步履　陳其茂著
(126) 古典與現實之間　杜正勝著
(127) 釣魚臺畔過客　彭　歌著
(128) 古典到現代　張　健著
(129) 帶鞍的鹿　虹　影著
(130) 人文之旅　葉海煙著

131 生肖與童年　小民著　喜樂圖
132 京都一年　林文月著
133 山水與古典　林文月著
134 冬天黃昏的風笛　呂大明著
135 心靈的花朵　戚宜君著
136 親　戚　韓　秀著
137 清詞選講　葉嘉瑩著
138 迦陵談詞　葉嘉瑩著
139 神　樹　鄭　義著
140 琦君說童年　琦　君著
141 域外知音　張堂錡著
142 遠方的戰爭　鄭寶娟著
143 留著記憶・留著光　陳其茂著
144 滾滾遼河　紀　剛著
145 王禎和的小說世界　高全之著
146 永恆與現在　劉述先著
147 東方・西方　夏小舟著
148 嗚咽海　程明琤著

149 沙發椅的聯想　梅　新著
150 資訊爆炸的落塵　徐佳士著
151 沙漠裡的狼　白　樺著
152 風信子女郎　虹　影著
153 塵沙掠影　馬　遜著
154 飄泊的雲　莊　因著
155 和泉式部日記　林文月譯・圖
156 愛的美麗與哀愁　夏小舟著
157 黑　月　樊小玉著
158 流香溪　季　仲著
159 史記評賞　賴漢屏著
160 文學靈魂的閱讀　張堂錡著
161 抒情時代　鄭寶娟著
162 九十九朵曇花　何修仁著
163 說故事的人　彭　歌著
164 日本原形　齊　濤著
165 從張愛玲到林懷民　高全之著
166 莎士比亞識字不多？　陳冠學著
167 情思・情絲　龔　華著

- ⑯⑧ 說吧，房間　林　白著
- ⑯⑨ 自由鳥　鄭　義著
- ⑰⓪ 魚川讀詩　梅　新著
- ⑰① 好詩共欣賞　葉嘉瑩著
- ⑰② 永不磨滅的愛　楊秋生著
- ⑰③ 晴空星月　馬　遜著
- ⑰④ 風　景　韓　秀著
- ⑰⑤ 談歷史　話教學　張　元著
- ⑰⑥ 兩極紀實　位夢華著
- ⑰⑦ 遙遠的歌　夏小舟著
- ⑰⑧ 時間的通道　簡　宛著
- ⑰⑨ 燃燒的眼睛　簡　宛著
- ⑱⓪ 月兒彎彎照美洲　李靜平著
- ⑱① 愛廬談諺詩　黃永武著
- ⑱② 劉真傳　黃守誠著
- ⑱③ 天涯縱橫　位夢華著
- ⑱④ 新詩論　許世旭著
- ⑱⑤ 天　譴　張　放著
- ⑱⑥ 綠野仙蹤與中國　賴建誠著
- ⑱⑦ 標題飆題　馬西屏著
- ⑱⑧ 詩與情　黃永武著
- ⑱⑨ 鹿　夢　康正果著
- ⑲⓪ 蝴蝶涅槃　海　男著
- ⑲① 半洋隨筆　林培瑞著
- ⑲② 沈從文的文學世界　王繼志　陳　龍著
- ⑲③ 送一朵花給您　簡　宛著
- ⑲④ 波西米亞樓　嚴歌苓著
- ⑲⑤ 化妝時代　陳家橋著
- ⑲⑥ 寶島曼波　李靜平著
- ⑲⑦ 只要我和你　夏小舟著
- ⑲⑧ 銀色的玻璃人　海　男著
- ⑲⑨ 小歷史　林富士著
- ⑳⓪ 再回首　鄭寶娟著
- ⑳① 舊時月色　張堂錡著
- ⑳② 進化神話第一部　・駁達爾文《物種起源》　陳冠學著

203
大話小說
莊因 著

作者以其亦莊亦諧的筆調，探觸華人世界的生活百態，這其中有憶往記遊、有典故，當然還有他所嗜好的飲食文化，綜觀全書，不時見他出入人群，議論時事，批評時弊，本著知識份子的良知良行，期待著中國人有「說大話而不臉紅的一天」。

204
人禍
彭道誠 著

太平天國起義是近代不容忽視的歷史事件，他們主張男女平等，要解百姓倒懸之苦。而戰無不勝勢如破竹的天朝，卻在攻下半壁江山後短短幾年由盛而衰，終為曾國藩所敗，何以有此劇變？讀者可從據史實改編的本書中發現端倪。

205
殘片
董懿娜 著

讀董懿娜的小說就像凝視一朵朵淒美的燭光。她筆下的女主人翁大都是敏感又聰明的人物，明明知道等待著她的是絕望，她還要希望。而她們的命運遭遇，會讓人覺得曾經在塵世間匆匆一瞥。本書就在作者獨特細緻的筆觸下，編排著夢一般的真實。

206
陽雀王國
白樺 著

中國施行共產主義，在政治、文化、生活作了種種革新，人民在一波波浪潮衝擊下，徘徊新舊之間。本書文字自然流暢，以一篇篇小說寫出時代轉變下豐富的眾生相，可喜、可憎、可愛的人生際遇，反應當時社會背景，讀之，令人動容。

207
懸崖之約

海男 著

「男人與女人在此約會中的故事，貫穿著一個幸運的結局和另一個戲劇的結局」。一個患腦癌的四十歲女子，她要在去天堂之前去訪問記憶中銘心刻骨的每一個朋友，也許是密友、情人、前夫，她的生活因為有了昨日的記憶，將展開一段不同的旅程。

208
神交者說

虹影 著

人的情感總是同時交雜著出現，很難只用喜悅、悲傷、恐懼等單純詞語完整表達。而本書作者細緻地記述回憶或現實的片段，藉以呈現許多情況下（如養父過世，或只是邂逅陌生人等）人複雜多變的感覺，使讀者能自然地了解書中的情境與人物的感受。

209
海天漫筆

莊因 著

或「拍案叫好」或「心有戚戚」或「捫心自思」，作者以其多年旅居海外經驗，與自身文化激盪的心得，發為一篇篇散文，不但將中華文化精萃發揚，亦介紹西方生活的真善美。且看「海」的那片「天」空下，作者浪「漫」的妙「筆」！

210
情悟，天地寬

張純瑛 著

本書乃集結作者旅居美國多年來的文章，娓娓細述遊子之情。其文字洗鍊，生動感人，處處展現羈旅之心與赤子之情。作者雖從事電腦業，但文章風格清新雋永。值得你我風簷展讀，再三品味，從中探索「情」之真諦！

211
誰家有女初養成
嚴歌苓 著

「巧巧覺得出了黃桷坪的自己，很快會變一個人的。對於一個新的巧巧，窩在山溝裡的黃桷坪和窩在黃桷坪的一切人和事，都不在話下。」踏出黃桷坪的巧巧會有怎樣的改變呢？如願的坐上流水線抑或是……

212
紙銬
蕭馬 著

紙銬，這樣再簡單不過的刑具，卻可以鎖住人的雙手，甚至鎖住人心，牢牢的，讓人難以掙脫更不敢掙脫。隨便揀一張紙，挖兩個窟窿，然後自己把手伸進去，老老實實地伸直了手，哪敢輕易動彈，碰上風吹雨淋，弄斷了紙銬，一個個都急成了哭相……

213
八千里路雲和月
莊因 著

本書可分為兩大部分，雖然皆屬於記遊文字，同在大陸地區，時間，卻整整相隔了十八年。作者以其獨特的觀點、洗鍊的文筆，道出兩段旅程中的種種。從這些文章，我們可以看見一些故事，也可以看出一位經歷不凡的作家，擁有的不凡熱情。

214
拒絕與再造
沈奇 著

新詩已死？現代人已不讀詩？對於這些現象，作者本著長年關注現代詩的研究，對現代詩有其深刻的體認，無論是理論的闡述或是兩岸詩壇的現況，甚至是詩作的分析，都有其獨特的見解。在他的帶領下，你將對現代詩的風貌，有全新的認識與感受。

215
冰河的超越
葉維廉 著

詩人在新生的冰河灣初次與壯麗的冰河群相遇，面對這無言獨化、宇宙偉大的運作，面對「雪疊著雪雪疊著雪疊著永不溶解的雪／緩緩地積壓著／冰晶冰層冰箔相連覆蓋九萬餘里」的景象，喜悅、震撼、思涉千載而激盪出澎湃磅礴的——冰河的超越。

216
庚辰雕龍
簡宗梧 著

基於寫作興趣就讀中文系，卻因教學職責的召喚，不得不放緩文學創作的腳步。本書作為政大簡宗梧教授創作成果的集結，不僅可讓讀者粗識簡教授於教學及研究著績外的創作成果，也將是記誌簡教授今後創作「臺灣賦」系列作品的一個始點。

217
莊因詩畫
莊 因 著

因心儀進而仿效豐子愷漫畫令人會心的幽默與趣味，作者基於同樣對世間生命萬物寬厚博大的關注與愛心，以他罕為人知的「第三枝筆」，畫出現今生活於你我四周真實人物的喜怒哀樂，並附以詩文，為傳統的中國詩畫注入了全新的生命。

218
換了頭抑或換了身體
張德寧 著

換了頭抑或換了身體？當器官移植技術發達到可以更換整個身軀時，我們要擔心的是生理上的排斥或心理上的抗拒？該為人類創造的奇蹟喝采還是為扭曲了人的靈魂而付出代價？藉作者精心的布局與對人深刻的觀察，我們將探觸心裡未曾到達的角落。

219
黥首之後
朱暉 著

政治上成分的因素，他曾前後被抄三次家，父母也先後被送入囹圄和下放勞改。他嚐盡世間的殘酷悲涼，看透人性的醜陋自私，但外在的折磨越狠越兇，內裡的親情就越密越濃。人性中最陰暗齷齪的一面與最光明燦爛的一面，都在這裡。

220
生命風景
張堂錡 著

每個人的故事，如同璀璨的風景，綻放動人的面貌。透過作者富含情感的筆觸，引領出成功背後的奮鬥歷程。文中所提事物，與我們成長經驗如此貼近，讓人油然而生「心有戚戚焉」之感。他們見證歷史，也予我們許多值得省思與仿效的地方。

221
在綠茵與鳥鳴之間
鄭寶娟 著

不論是走訪歐洲歷史遺跡有感，或抒發旅法思鄉情懷，抑或中西文化激盪的心得，作者以其一貫獨特的思考與審美觀，發為數十篇散文，澄清的文字、犀利的文筆中，流露著一種靈秘的詩情與浪漫的氣氛，讓讀者在綠茵與鳥鳴之間享受有深度的文化饗宴。

國家圖書館出版品預行編目資料

換了頭抑或換了身體 ／ 張德寧著-- 初版.-- 臺北市：三民，民89
冊； 公分. --（三民叢刊；218）
ISBN 957-14-3326-8（平裝）

857.63 89014765

網際網路位址 http://www.sanmin.com.tw

著作人 張德寧
發行人 劉振強
著作財產權人 三民書局股份有限公司
臺北市復興北路三八六號
發行所 三民書局股份有限公司
地址／臺北市復興北路三八六號
電話／二五〇〇六六〇〇
郵撥／〇〇〇九九九八——五號
印刷所 三民書局股份有限公司
門市部 復北店／臺北市復興北路三八六號
重南店／臺北市重慶南路一段六十一號
初版一刷 中華民國八十九年十一月
編 號 S 85563
基本定價 參元貳角
行政院新聞局登記證局版臺業字第〇二〇〇號

ISBN 957-14-3326-8（平裝）